U0676679

飞扬*

飞扬 · 青春校园记忆美文精选

你是我最在意的那一个过客

省登宇 主编

国际文化出版公司
·北京·

图书在版编目（CIP）数据

你是我最在意的那一个过客 /省登宇主编 . 一北京:国际
文化出版公司，2012.6（2024.5重印）
（飞扬·青春校园记忆美文精选）
ISBN 978-7-5125-0360-1

I . ①你… II . ①省… III . ①散文集－中国－当代
②短篇小说－小说集－中国－当代 IV. ① I217.1

中国版本图书馆CIP数据核字（2012）第 065397 号

飞扬·青春校园记忆美文精选·你是我最在意的那一个过客

主　　编	省登宇	
责任编辑	戴　婕	
统筹监制	葛宏峰　李典泰	
策划编辑	何亚娟　任　娜	
美术编辑	刘洁羽　王振斌	
出版发行	国际文化出版公司	
经　　销	国文润华文化传媒（北京）有限责任公司	
印　　刷	三河市同力彩印有限公司	
开　　本	700毫米×1000毫米	16开
	9.25印张	120千字
版　　次	2012年6月第1版	
	2024年5月第2次印刷	
书　　号	ISBN 978-7-5125-0360-1	
定　　价	38.00元	

国际文化出版公司
北京市朝阳区东土城路乙9号　　邮编：100013
总编室：（010）64270995　　传真：（010）64270995
销售热线：（010）64271187
传真：（010）84271187-800
E-mail：icpc@95777.sina.net

CONTENTS 目录

第3章　光影声色

第4章　旅行的意义

目录 CONTENTS

第 1 章

青涩年华

平静的城市变成了爱的废墟，他只能紧
紧地抓住遗留下来的唯一凭证

你是我最在意的那一个过客 ◎文/杨雨辰

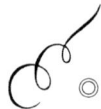

一

刘昀把电话打给林小初时，林小初正在洗一只印着青花的搪瓷碗，洗得"吱吱"响，她固执地认为只有达到了这种程度，碗才算是真正被洗干净了。突兀的手机铃声桎梏了空气分子，同时也划破了林小初的耳膜，她手一滑，搪瓷碗顺势落在大理石地砖上，青花碎得满地都是。

林小初慌忙在围裙上蹭了蹭沾着洗涤剂泡沫的手，跑到客厅去接电话，刚把手机拿起来，铃声却戛然而止，屏幕定格为"未接来电1"。林小初沮丧地把手指插在头发里，迎面扑来的是洗涤剂的柠檬清香味。

不是第一次了。林小初不是看到刘昀躲在学校里的哪个角落里偷偷抽烟，就是发现他和谁厮打成一团，掀起一大片的尘土。刘昀每次都腆着脸赔笑，在林小初面前发誓说："再也不那样了，"直到林小初重新把嘴角弯成微笑的弧度，露出五颗牙齿的标准微笑对他说："好吧，这次饶了你，下次再犯错误就没这么好过了。"两个人总是和好如初，牵着手比赛谁先踩到前面落在地上的那片梧桐叶。

二

两个人在一起有一年了吧。记得那天刘昀蹲在操场边的一棵大梧桐树下，喝着装在矿泉水瓶里的喜力，林小初看到刘昀醉醺醺的样子，幸灾乐祸地笑出了声。在迈过刘昀伸直的左腿时，却被他使坏绊了一个趔趄。

林小初尖叫一声，刘昀的嘴角斜斜地往上挑，两个人似乎把整个世界都屏蔽掉了，只是旁若无人地互相对视着。阳光顺着叶脉流动到女生的长睫毛上，男生嘴边细细的绒毛也被镀了一层金色，而后他的喉结向上动了一下，忍不住打了个酒嗝，两人再也撑不住，笑得东倒西歪。

之后刘昀挑起眉毛问林小初："喂，你叫什么名字？"

林小初不屑地扬起脸："凭什么告诉你啊？"

这个倔强女生的侧脸映在刘昀的视网膜上，输入到他的大脑中，大脑下达命令，刘昀站起身来拍拍裤子后边的土，几步走到林小初跟前，手一伸就把她胸前的校卡拽了下来。

林小初又羞又恼地捂着胸口，连忙去抢刘昀手里的校卡，刘昀一只手敷衍她，另一只手把校卡递到鼻尖下，眯着眼睛把焦距集中在校卡上一寸免冠小照片下面的小字：林小初。

"嗯，林小初，我记住你了。"刘昀把校卡丢给气急败坏的林小初，甩下这句话转身走开，只留给林小初一个背影。他以为这样很潇洒。后来林小初说她当时觉得刘昀傻极了。她说这事的时候还是一脸的微笑，连刘昀自己都知道林小初口是心非罢了。

三

从回忆中醒来，林小初轻轻叹了口气，到水池边洗了洗手，蹲在地上一块一块捡起搪瓷碗碎片。再也拼接不成原来的形状了，林小初一边想着，右手食指一边不断摩挲着碎片粗糙不规整的横截面，有那么一种难以言喻的浅浅悲伤。在清理地板砖缝里的碎渣时，她不小心划伤了手指肚，血一滴一滴地落在地板上。

林小初连忙翻箱倒柜找出一片创可贴，裹在了伤口上。打开台灯，摊开本子，刚提起笔开始演算一道函数题，笔杆就硌疼食指。十指连心，林小初咬紧了嘴唇，一滴眼泪在草稿纸上淡开，像是在哪处皮肤绽了一道伤痛来，如果心被剜出块肉来，从哪里找到一片创可贴，才不会这样分筋错骨地疼呢？

这一次，叫我怎么原谅你——和你们呢？林小初用手背抹抹眼睛，模糊的视界又重新变得清晰起来。窗台上的相框镶嵌着两个女孩微笑的脸，在流光溢彩的大太阳下，笑得心无芥蒂。两人穿着鲜艳扎眼的连衣裙，拉着手。林小初记得就是在那个明媚的午后，苏橘子的整个侧脸和打着自来卷的头发都是金黄色的，不停地晃着林小初的眼睛。两个人搂着抱着一起大声地说："我们永远都是好朋友啊。"林小初吸了吸鼻子，把相框扣着放倒在窗台上，窗帘被风吹得飘到林小初的脸颊上。

四

一年前那个时候的林小初，还留着长长的披肩发，走起路来向左摆往右荡，偶尔没有被束上的几缕散发垂在脑后，好像前面的那张脸随时会回过头来用眉梢眼角递给谁一个大大的微笑。风一吹，林小初的齐刘海就把她的视线遮住，有时还会有一根两根细软的发丝趁机刺到眼睛里，林小初用手指拢拢头发，揉一揉眼睛。

苏橘子的自来卷多好啊，连刘海都那么柔软，有的时候还会连刘海一齐束到后边去，再绑上漂亮的发带，就像一个洋娃娃，笑起来还有两个酒窝，她胳膊肘里夹着一本小说，走到哪里都要停下来看几眼。

下了体育课，苏橘子在操场边上喊住林小初，说："小初啊，帮我把书拿到楼上去，我到方几他们班去找他有点事。"

林小初接过苏橘子的书，闷着头往楼上走。林小初走路从来只是看着自己的脚面，所以有一点点的驼背。妈妈从她小的时候就开始纠正，被扳了多少次肩膀，捶了多少次脊梁，仍然改不掉，买过一次背背佳也硬是没掰回去。所以，从楼上迎头砸来的那个篮球，林小初根本没有机会看到，更没有反应要去躲，着着实实砸在林小初的头上，她吓了一跳，一脚蹬空，顺着台阶就摔了下去。

"喂，你怎么样啊？"林小初头顶传来男生的声音，听不出来他有半点紧张的样子。

"你撞倒别人，至少要先说声抱歉吧！"林小初愤怒地抬起头，大声地指责肇事者。

"林小初……"刘昀竭力地把自己的吃惊压到最低点，可还是忍不住诧异地叫出了这个名字，他讷讷地站在原地，一时间不知道该怎么办才好。

这已经是两个人第二次这样直直地对视了，只不过林小初的气势更强烈些，尽管她坐在地上，仍然可以仰起头把刘昀瞪到尴尬不已，刘昀垂着头，想要装出不在乎的模样。

"喂，你还能站起来吗？"刘昀用右手食指蹭了一下鼻尖，试探性地问道。

林小初白了他一眼，没有理他，自己拍了拍手上的土，双手撑地要站起来，结果却又一屁股重新坐到地上，她这个时候突然间红了眼眶，泪水就像决堤一样汹涌而来。

刘昀头皮一阵发麻。蹲在林小初边上手足无措地只会问一句话："你怎么啦，你怎么啦？"

林小初甩开刘昀放在自己肩膀上的手，说："我疼死啦！"

还好只是扭伤而已，不然林小初不会那么轻易地就接受刘昀的礼物，至少也得充一回小人，告到年级主任那里去，停他两天的课，记他一次小过。不过，这似乎对刘昀这样的人来说并不算什么打击，他看起来就是一副不良少年的样子，林小初还是觉得那天他蹲在自己旁边干着急的时候，显得很滑稽。还有，刘晌的后背挺宽阔，林小初趴在上面被他背到校医务室时，还算舒适，所以就原谅他了。

蓝莓蛋糕是刘晌送给林小初的第一份礼物，林小初心安理得地吃掉了，并且告诉刘晌这种蛋糕很好吃，要求他在自己脚好之前送这种蛋糕来，否则……其实林小初也不知道要拿什么来威胁刘晌，但刘晌什么也没往下问，一直把蛋糕送了下去。林小初脚伤好掉以后很长一段时间，刘晌还是在送，直到林小初看到蓝莓蛋糕就要吐，直到刘晌很自然地说出"林小初我喜欢你，我们在一起吧"。

就是这么很自然而然，毫无悬念的一件事，林小初也只不过是顺水推舟地答应了而已。后来换成了黄桃口味的蛋糕，巧克力榛果慕斯蛋糕，一成不变的蛋糕、蛋糕、蛋糕，就像刘晌一样，一成不变的就是做小小的坏事，一成不变地总是被林小初抓到，又是一成不变地对她道歉，最后是一成不变的以两个人的和解为结尾。林小初都已经吃烦了蛋糕，可她不知道什么时候能看烦了刘晌。

却没想到先烦的是刘晌。不然怎么会在操场边上拉住苏橘子的手，亲了她的脸呢？

五

就这样与自己最爱的两个人开始了冷战，并且，和解的日子遥遥无期。林小初开始想，如果他们之中有一个人肯对自己解释事情是如何发生的，无论他们说什么，自己都是会相信的。毕竟是最亲近的两个人，手心手背，掐下来一块都是会蚀骨摧心的疼啊。

可我疼的时候，你们会不会跟我一样疼呢？林小初这样想着，就"簌簌"地把眼泪砸下来，又在苏橘子偏过头看到自己之前，赶紧用手背抹掉，摆出一副不在乎的样子。

但是他们两个怎么就那么沉得住气呢！苏橘子还都假装不知情的

样子，问面色难看的林小初："小初，你怎么啦？哪里不舒服？"

林小初面无表情地摆摆手，推开苏橘子，说："没事。"苏橘子一脸无辜地走开。

那以后就再也没单独见过刘晌，刘晌在打了一个星期的电话，发了一个星期的消息，问林小初她到底怎么了之后，没有得到林小初一个字的回应，终于选择了沉默。不过是冷战，之前也不是没有过，就这样吧，反正最后的结果都是会和解的。刘晌想。

都说三角形是最稳定的形状，可三个人的关系就会变得尴尬，而整个世界似乎也随之变小，所以林小初无论怎么努力，好像也摆脱不了恰好顺路到厕所去洗手的苏橘子，或者抱着篮球从楼上往下走的刘晌。林小初这时总会觉得小腿胫骨隐隐作痛，大概是留下了后遗症，反倒刘晌却再也没有了把球往楼道里乱扔的习惯了。

那个时候，时间好像在被无限拉伸，每一分每一秒都让林小初坐立不安，她是在等他们两个人向她开口解释，可总是徒劳无功，他们可以装作什么都没有发生过的，而这种无所谓或者无辜表情已经使林小初从失望走到了绝望，林小初想大概他们谁都不想要我了，那么总归是要有一个人先离开的。

是不是，当我们互相伤害的时候都要以相爱作为借口。林小初狠狠按着心口，按下发送。信息已送达：小晌晌。林小初总是喜欢这么戏谑地称刘晌为"小晌晌"，甜腻的尾音把刘晌胳膊上的鸡皮疙瘩激起来一层，刘晌夸张地抱紧林小初说小初初我好冷啊好冷啊。两个人像两头互相取暖的小兽那样，从春夏到秋冬，一年四季总是那么亲密地站在一起。

如果，给我一次重来的机会，我绝不会接受你的蓝莓蛋糕。就这样吧，刘晌，我们分开吧。

林小初对刘晌说"我们分开吧"。可她从前都喜欢跟他说"咱们"，他们互相说："咱们一起去吃很好吃的芒果沙冰吧"；"咱们这周末可以去动物园看猴子了"；"咱们买只风筝放吧"；"咱们什么时候去看一场午夜电影呢"……原来，当决定要离开的时候，无论多么爱，都还是要用"我们"划清界限的。

哦，好吧。

刘昀这样毫无感情色彩的三个字，终于给林小初找了个借口，痛痛快快地哭出来了。总算哭出来了呢。只是，没有那个应该出现在她对面的那个高她肩膀十公分的颈窝，让她把眼泪一滴一滴全都砸到他衣领里面的人。没有了。

六

方几有一个奇怪的名字。林小初一直这样觉得。当苏橘子第一次在她面前提到这个名字的时候，她笑得快要背过气去。倒是苏橘子一脸愠怒地抓着林小初的手腕，不停地说你能不能严肃点啊林小初。林小初屏住呼吸，小心翼翼地听苏橘子一遍一遍赘述，一起被迫分享那些关于小女生的秘密。也跟苏橘子一起埋伏在方几回家的路上，假装偶然的邂逅，蹩脚的对白，不经意间，苏橘子就把那些欢喜都泄露在眉梢眼角上。

于是方几和苏橘子两个人顺理成章毫无悬念地在了一起。她们还约定以后买一幢房子的同一层，一定要做邻居。方几和刘昀日出而作，日落而息，她们两个要搬着板凳到阳台上一起晒太阳一直到把太阳晒落山，晚饭过后要带着各自的男人一起散步，围着小区东边的花坛到小区西边的小卖部走一圈。每天每天地复制幸福的生活。

可梦碎了，缺失了的拼图该怎么样重新拼合到一幅完整的图案？当初说好要一辈子在一起的那些人，总是最先连招呼都不打一声就那样消失了。

林小初在操场上看到坐在花坛边的方几，方几棱角分明的侧脸像阳光一样射入眼底，让她眩晕，就像第一次遇到最最亲爱的某某时，他正用同样的姿势在喧嚣的人群之中独自落寞着。她从来都没有发现，他和他那样相像。

"喂，准备去做什么啊？"方几站起来掸掸裤脚上的灰尘。

"没什么。要回家。"林小初拉了拉书包背带。

"刘昫呢？"

"我不知道。"

"哦。"

林小初径直向学校门口走过去。

"喂。林小初，我送你好了。苏橘子，好像已经回家了呢……"

回家的路上，两个人保持沉默。就像两只凝固在琥珀里面的两只小虫，似乎连时间都冻结住了。一闪而过的汽车、行人，都被拉成长长的彩色粗线条。横穿马路的黑猫，踩着高跟鞋的高挑女子，还有夹着公文包的男人，所有人都面无表情，行色匆匆。到了林小初家楼下，她对方几说，谢谢。方几嘴角漾出一丝温暖的笑容，她曾经在刘昫的脸上捕捉到过的这种美好的微笑。她上前去紧紧握住了方几的手，抱住他，恍惚以为他是刘昫。

角落里的刘昫，把包装好的礼物盒子放在地上，默默地转身走开。

七

这并不是报复，但方几后来跟苏橘子分开到底是不是因为这个，林小初也不知道，她一点也不在乎了。方几说林小初我们在一起吧。林小初摇摇头。

其实谁知道这只不过是一个误会而已，刚好在那天丢失了眼镜的林小初在操场尽头看到的刘昫亲吻苏橘子的场景模糊，她认为那是刘昫，因为他穿着松松垮垮的白色衬衣，而事实上，那是刚刚打完球的方几。苏橘子递水给他，他亲吻她的额头。这一切出现在林小初模糊的视界里。

如果林小初没有丢掉眼镜呢？如果林小初再近前几步看清楚呢？

如果方几再把比赛持续几分钟呢？如果刘晌在下课的时候去找了林小初呢？如果林小初和刘晌大吵一架，问问清楚到底是怎么回事呢……或许，这一切都会有不同，或许他们还可以继续的。

但，这四个人只不过是彼此生命中的过客，恰好，是彼此最在意的那一个。

作者简介
FEIYANG

杨雨辰，女，1988年生，在上海读书。(获第九届新概念作文大赛一等奖，第十一届新概念作文大赛一等奖)

鸢尾信仰 ◎文/李晓琳

一

原来春天已经到了。我在孤儿院的大厅里擦拭窗户玻璃的时候，猛一定睛，就看见了柳树枝条上零零星星探出头来的小芽。柔嫩嫩的，淡绿中掺着鹅黄。与这冬天的严酷相比，它们太娇弱了，似乎注定成不了什么气候，但无论如何，这勇敢的小芽昭示着某种希望。

是的，诺诺，春天已经到了。我又一遍给自己做着这样的心理暗示，希望心情能因此放轻松一些。手指皲裂的疼痛此刻正烧灼着我，长期冷水浸泡已经使它们变得又肿又粗，任谁看见也都会怀疑，这哪里是十七岁少女的手？

大厅的地板还要拖干净。我走到门外的水桶前，刚将水接好，就看到小纪阿姨冲出来，抢过我手中的拖把，满脸堆笑地说："今天……啊，或者还有以后，这些活就不要你来干了！"

我呆愣了半晌也没有反应过这句话的用意，这么多年了，小纪阿姨还从未用这样的口气同我说过话。我迟钝地摆出了一个讶异的表情。

她悄悄地附耳上来说："早上有人来电话，说是阿木要回来了！"此刻她正沉浸在无比欣喜的情绪之中，顿了顿，又接着强调道，"并且专门指出，是为了回来见你！"

阿木呵，我的弟弟！我有点明白过来。时间一晃已经七年了，七年来我在心底无数次默念轻唤的这个名字，如今终于从别人口中说出来、变成结结实实的声符敲打在心头的时候，竟然会无比陌生。

"你是知道的，诺诺！孤儿院已经许久没拿过资助了……阿木现在是有名气的人了，这次争取资助的事，可真都指望你了！"

她一面将手中的拖布在木桶里投了几投，一面又推搡我一下："这些活就先交给我们做！你赶快回去梳洗梳洗，换身干净衣服吧！阿木中午可就要到了！"

　　狭窄、阴湿、晦暗、冰冷，自从哑婆婆去世后，这间不到十平米的小房间就再没给过我任何温暖的感觉。我双膝跪地，从木板床底下拖出那只小小的木箱，这里面装着我仅有的、少得可怜的家当。是的，长久的孤儿院生活已经将我塑造成一个贫穷且勤俭的姑娘。我清楚地知道那件墨绿色镶花边的连衣裙子就叠在小木箱的最底层。我总是隔段时间就拿出来让它透透气，小心地将上面压出的褶皱抚平。当年阿木将这条裙子送给我的时候，我们都还是乳臭未干的孩子，穿上它干瘪得仿佛一只空荡荡的晾衣架，而今它显然合身多了。

　　允许我将镜子里那个十七岁的女孩描述给你吧。她仔细照镜子的机会本就不多。她生得并不矮，可是因为清瘦而略显稚弱；脸色比常人要苍白，不知是不是营养不良的缘故，一双大眼睛却黑亮亮的，格外有神；双唇倔强地紧抿，可以看出来，她天生讷言敏行；及肩的头发虽然疏于打理，可是出奇的黑且直。

　　此刻这件墨绿色小裙子罩在她身上，与她轻描淡写的忧愁气质配合得简直天衣无缝。她又心满意足地朝镜子里望了一眼，就缓缓走出房间，一言不发地穿过大厅里正忙于打扫卫生的人群，一直走到小院落的石凳前坐定。她头一次感到这里的生活开始变得渺远，渺远到与她无关。小纪阿姨惊讶地问她，啊，诺诺难道你不冷吗？

她似乎没有听见。清晨的阳光倾斜着打在她的脸上，她也并不眯眼，几分钟后，如果有人注意观察这个女孩的话，就能发现她的眼神因为深陷回忆之中，而开始泛起虚无缥缈的光了。

二

跟阿木不同，我从记事起就已经是孤儿院的一员了。出生刚几个月就被扔在孤儿院门口，被哑婆婆发现的时候小脸已经冻成了紫黑色，几乎没了人气。孤儿院的人眼见哑婆婆像待亲孙女那般拼命救活了我，便决定把我安排到院落的小偏房里，与哑婆婆住到一起。

哑婆婆老得背已经直不起来，走起路来颤颤巍巍，却一个人担负着整个院落的清扫工作。我下学堂回来，经常就碰到一群顽劣成性的孩子故意朝地上扔了垃圾，幸灾乐祸地看哑婆婆手拿扫把冲过来，咿咿呀呀地表达对他们构不成丝毫威胁的不满。

我怒气冲冲地捡起石头扔向他们，毫不手软，看他们嬉笑着散开。在我整个漫长的成长过程里，这样的场面不知曾发生过多少次。

大约九岁起，我开始帮忙准备孤儿院的伙食。阿木就是这个时候突然来到孤儿院的。那一日中午，小朋友们都已经在饭桌前坐好，正是准备开饭的时候。

小纪阿姨领着一个羞怯的矮个子小男孩走进来，立在门口说："大家静一静，这是我们新来的小朋友，名叫阿木，大家鼓掌欢迎。"我听到宽绰的饭堂里响起了稀稀落落的掌声，那几个大孩子已经带头在喊饿。院长突然走进来将小纪阿姨招呼了出去，留下小男孩孤零零地站在那里。他穿着质地精良的红暗花小唐装，与孤儿院简陋的泥地黄墙有点格格不入。一双小手在衣角上来回摩挲着，他不停回头去瞧门外正与院长说话的小纪阿姨，又回头局促地瞧瞧大家。

我走过去，学着想象里姐姐的样子对他说："阿木，我们过去吃饭吧！"我拉着他的手走到座位旁边，把我的饭拿给了他。他瞧我一眼，也不说话，只大口大口地往嘴里扒饭。这个不知何故突然成了孤儿的孩子，我分明看出来，忧愁已经在他的眼睫上投下了影子。

在人群里，阿木比我还要寡言少语许多。唯有在我和哑婆婆面前，他才恢复天真烂漫的本性，笑得真正像个八岁的孩子。我到现在也还记得，阿木笑起来的表情格外独特，双眼眯成月牙状的小细缝，脸颊上两个明显的酒窝，仿佛幸福装不了，正从里面满漾出来，酷肖卡通画里的人物。

我们一起帮哑婆婆打扫院子，他个子小却比我干得还卖力。三个不同年龄不同阅历的人脸上竟挂着同样知足而喜滋滋的表情。我曾以为，倘若日子能永远这样过下去，就算遭受欺凌又陷于贫穷之中，也会非常幸福。

三

孤儿院有一个独立的小学堂，几十个孩子无论年龄大小，都被安排在同一个课堂里接受教育。阿木到来的第三个月，终于被小纪阿姨拖着去了学堂，这便是一切转折的开始。

那天的第一节是算术课，教我们的杜老师有上课前点名的习惯。她拿着花名册走到教室里来，高跟鞋鞋跟尖削得吓人，发出"噔噔噔"的响声。她站到讲台上清了清嗓子，开始了她漫长的点名。我扭头瞄一眼第一天来上课的阿木，他被安排坐在教室的最末一排，离我很远，此刻手里正握着一支半截的铅笔，专注地在一张纸上画着什么。

"阿木。"然后杜老师点到了他的名字。

没有回答。

"阿木？"杜老师有些吃惊，挑起金丝边眼镜后的细眼睛向讲台下扫去。

我赶紧回过头，望着阿木，以为他是因为画画过于专心而没有听到老师的点名。可并不是。他直着身子坐在座位上，看到我回头看他，还挤挤眼，冲我摆出了一个大大的诡异的笑容。

我当即感到恼火。这孩子在搞恶作剧。

"这么说，阿木缺席？"杜老师拿起一旁的笔，就要记下他的名字。

"不是，杜老师！"我突然冲动地站起身，却发现缺少足够合理的理由为他开脱。于是磕磕巴巴地指了指后面，说："阿木……他来了……他第一天来上课，或许……或许还不太习惯……"

我的背后直冒冷汗。杜老师的恶嘴巴与暴脾气整个孤儿院无人不知。而阿木还在笑。

果然，杜老师怒不可遏地从讲台上冲下来，直奔到最后一排，边走边吼道，"不习惯？还不习惯？今天我就要让你知道该怎么习惯！"尖细的声音无比震悚，几乎要将人的耳膜戳破了。

这个粗暴但的确占了上风的女人一把将阿木从座位上揪起来，又重重地推到地上。她觉得还不过瘾，又将桌上那张被阿木画过的纸撕得粉碎。其实这种事在杜老师身上常常发生，她总是像个一点即爆的炸弹，轻易就"咝咝"地吐着火信子。可是阿木并没见过这样的场面。

被推倒在地的男孩先是没有反应过来，童稚的笑还停滞在他的脸上，没有散开。几秒后他终于明白过来，或者因为这一推太过用力，又或者他太害怕杜老师那恶狠狠的表情了。那一刻整个世界仿佛都响彻着他的哭声。

我至今也没有听过比这更惨烈的哭声。男孩双手按在地上，保持着被推倒在地的姿势，紧闭着双眼，一张小嘴由于过度伤心而张得比任何时候都大，露着参差的、还没长全的牙齿。眼泪像决堤的洪水一泪接一泪地涌出来，那痛哭一声高过一声，如此撕心裂肺，像极了一只因为失去母亲庇护而伤心嗥叫的小兽。直到嗓子都哭哑了，他趴在地上，抓起已经被撕成碎片的纸屑，绝望地喊出了一个词语。那个从他沙哑的小喉咙里喊出的词语，至今回想起来，仍让我感到阵阵痛心。

他喊道："妈妈……"

四

那一天的课程以杜老师的绝尘而去收尾。她在离开之前不忘愤愤地加一句，以后只要阿木来上课，她就不来。她一定觉得这句话挽回了她丢失的面子。

中午开饭的时候没了阿木的踪影，我穿过饭厅出去找他。看见他就坐在小院子的石凳上，对，正是此刻我坐的这个位置，定定地看着前方开成一片的鸢尾花丛。

"阿木，该吃饭了，你在这里干吗？"我的声音尽量显得温柔，装作早上的不快没有发生。

他并不回答我的话，只是依然定定地向前看，几秒后突然没头没脑地说："诺诺姐姐，以前，我妈妈最喜欢这种花，种了满满一院子呢。"

"你妈妈？"我有些惊讶。因为怕刺伤他的心，以前我从没问过关于他的父母，以为这是一个不能碰触的敏感的话题。我不知道他还有妈妈。

他点点头，随后竟露出一个跟他的年龄绝不相符的凄哀的表情，说道："后来……后来那些花就都死了。成片成片地，都没活。"他的声音稚气却让人心疼。

我想着尽量转移他的注意力，便故作轻松地说："阿木，我们先去吃饭，今天有你喜欢吃的木耳黄瓜哟。"

他就像着了魔般地又听不见我的话，接着说："诺诺姐姐，我不太喜欢这里。"

"阿木，其实……你应该学着适应，学些东西对我们这些孤儿……对我们来说总归还是好的，何况，何况阿姨和老师们都还不算太坏……"我也觉得这话有些牵强，便哽住气没再往下说。

"诺诺姐姐，我妈妈也送我去过学堂。后来我使出一个绝招，每次老师点名我都不说话，老师气得拿我没办法，就把我妈妈叫来。妈妈就会领我回家。"他又咯咯地笑起来，依然是个孩子模样，"后来我就再也不用去上学了。我妈妈什么都会，比老师厉害。你们学的那些，我妈妈以前早都教过我了的。"

"那么后来呢？"

"后来我爸爸和别人走了。我妈妈就整天哭。那些花就是在那时候都死了。

那一天早上我妈妈躺在床上，穿着那件睡袍好漂亮，她还睡着哩。他们就进来，把她抬出去。他们说要拉我妈妈去治病，后来就把我送到这里来了。我没有拦着，我知道，妈妈应该治病，她以前一直笑，从来不哭的。治好了，肯定就会回来接我。"

他突然把小手放到我的手上面，望着我的眼睛，笃定地说："到时候，诺诺姐姐，你就跟我一起走吧。还有哑婆婆。等我长大了，我会赚钱养你们。"

我的弟弟阿木，沉醉在对未来美好幻想中的阿木，他没有看到那一刻的我红了眼睛。

五

五月，鸢尾花开得最繁盛的季节，小小的院子里像栖落了五颜六色的花蝴蝶。流浪汉出现了。

流浪汉被人们用担架抬进来，满身是鲜血。阿姨们又惊又喜地从里面跑出来，透过流浪汉脸上斑驳的血迹与拉碴的胡子辨清了他英俊的眉目。

生活在这远离市区的荒僻地段，除了院长和食堂里掌勺的崔师傅，阿姨们已经许久没见过任何男人了。即便他将成为负担，她们仍是欢喜他的出现，惊奇他以如此的方式出现。

他伤得不轻，流血不止，被从担架抬到床上去的时候，因为疼痛而发出了呻吟。阿姨们争着为他包扎伤口，端茶送水，普通的种类在孤儿院竟成了珍稀动物。

他恢复得很快，半个月之后，流浪汉已经可以勉强说话和下地走路了。没有人知道他的名字，来自何方又将去往何处，因为他从来不说。他的回答总是简短而含蓄，他充满磁性的声音却让每一个前来照顾他的阿姨深深着迷。长期缺乏修剪使他的头发和胡须蓬乱而茂盛，像未被开垦的草丛。阿姨们都在纷纷猜测他的真实年龄与经历，谣言漫天，却因得不到任何有效的证实而使他越发神秘。

我就是一个流浪汉。说完这话他就慢悠悠地披上那件玄青色的大衣，踱到屋门外面去，像阿木一样停在那片鸢尾前发呆。

我想，这样一个人注定会成为阿木的朋友。果然，没过多久，一同坐在石凳前的就成了一大一小两个人。他们不常说话，却分明无比默契地沉醉在相同的气场里。所有人都叫他流浪汉，包括我。唯有阿木亲切而固执地叫他"树"。这是只属于阿木和流浪汉两个人的名字。

在他们身旁打扫院落的时候，我有时会突然停下，装作生气地说，看你们这么好，我都会吃醋了。哑婆婆就在一旁笑起来。其实我是真的吃醋，我也喜欢流浪汉，可他的出现分明使阿木不再像从前那般依赖我。

有一日，小叶阿姨兴冲冲地从外面回来，一进门便大声喊道："流浪汉！看我给你找了理发师来！"后面果然跟着那个穿着白褂，常常来孤儿院给大家理发的曹师傅。

我停下手中的活，望了望坐在远处的流浪汉和阿木，他们正专心致志地翻看一本流浪汉随身携带的画册。

小叶阿姨便是这时闯了祸，她太不了解流浪汉的性格了。我看到她冲过去架住流浪汉的胳膊，使专心的流浪汉吃了一惊。

"走吧，我给你请了理发师傅来，让他给你好好修理修理！"她暧昧地仔细打量一番流浪汉的脸，加上一句，"一定帅得很！"

"不，我不用。"流浪汉淡淡地说了一句，躲开小叶阿姨的两只手，目光一直没有离开腿上的画册。

小叶阿姨还不甘心，她朝理发师傅点了点头，那男人便拿着剪刀走上来，咔嚓一剪刀将长发拦腰截断。

流浪汉先是非常震惊，转而变得怒火冲天，两只眼睛大睁着，红彤彤地似要喷出火来。他一把夺过理发师手中的剪刀，朝泥地上掷下去，张了张口，似乎想骂句什么，可是终究未发一言。然后他紧蹙着眉，迈开大步，怒气冲冲地穿过小院，朝孤儿院的大门走去了。

呆在原地的小叶阿姨喃喃地说："我以为，理干净了一定好看……"

然后就是孩子奔跑的声音。小小的阿木慌张地追在他后面，脸上挂着受惊的泪痕。

走到门口的流浪汉突然停住了，我松了一口气。他终于想起来了，他的小朋友。

阿木拽住了他大衣的衣襟，轻轻说道："树，你带我一起走。"

说完，他回过头，不舍而内疚地望了望站在远处的我。我强忍着摆出一个微笑，于是阿木放心地回了头，仰着脸，定定地看着他的"树"。

流浪汉蹲下身，抱起阿木，一言不发地走回到房间里去了。

六

日子平稳而一成不变地又过了几个月。阿姨们都得意地笑着说，流浪汉根本走不了，他的伤还没好，就这么走了谁给他治病？何况，他根本丢不下阿木。

五月末的一日，有好心人给孤儿院捐了大批衣物，每年的这个时候都像是孤儿院的节日。打成几大包的东西被运进杂物室，迫不及待的孩子们都趴在窗口上看，分外热闹。这时院长走过来宣布道，每个孩子按高矮个排队进去，选一件自己需要的东西，不要哄抢，谁哄抢要关谁禁闭。

每有一个孩子从里面走出来，他手里拿着的东西就成了大家关注的焦点，大家都分外着急，生怕好东西被前面的人先挑了去。一个叫栋栋的男孩拿了一支玩具手枪出来，便立即引起了男孩们嫉妒的抱怨声。

之后阿木进去了，许久都没有出来。大家都急纷纷地猜测，阿木究竟发现了什么好东西，或者是在为不知该挑哪一件而犹豫不决。门终于开了。阿木首先探出了他的脑袋。一张红扑扑的小脸上挂着得意的笑，额头上隐约地冒着汗珠。之后他整个人钻出来了。

孩子们却顷刻哄堂大笑起来。站在后排的我看不到他手里拿着的东西，还不知道发生了什么事。

"哎哟，阿木，原来你喜欢这种姑娘家的东西……"一个孩子嘲笑着说。

"难道是要拿去讨好小媳妇，哈哈哈！！"另一个说得更加过火。大家都笑作一团。

"给我住口！"我气愤地冲过去，拨开人群。

看到我过来了，阿木扬起他手里拿着的东西。他的小脸比刚才更红了，显然刚才的讽刺使他颇为窘迫，他看着我的眼睛，只等我的反应。

我愣愣地看着那只小手里抓着的东西。那是一条漂亮极了的、看起来还全新的墨绿色的裙子。两条纤细的串珠吊带，裙摆上镶着层层叠叠的白色底黑斑点的蕾丝花边，这是我见过的最精致最漂亮的一条裙子。

阿木走过来，将裙子塞到我手上，忐忑而充满期待地问我："诺诺姐，看看你喜欢吗？"我心里感动又欢喜得很，可是拿到身上一比，发现那裙子比我的身体大了好几个尺码，裙裾已经扫到脚踝。我想着那有何妨，可以过几个年头再穿，却嘴硬地说道："阿木，你真傻，为什么不为自己挑一双鞋呢。"我低头瞧瞧他脚上那双已经露出脚趾的破球鞋，责怪地说道。我知道他想要一双新球鞋已经很久了。

我看到阿木竭力在掩饰自己失落的表情，一言不发地扭头走开了。而那时沉浸在幸福与内疚感的错综情绪中的我，竟完完全全把阿木的这个表情忽略掉了。

那一晚我睡得格外香甜。我梦到阿木真的带我和哑婆婆离开了孤儿院，和他的妈妈生活在了一起，我们住在挤促可是温暖的小屋子里，种了满园各色的鸢尾花。

也许只有看门的黄狗听到了那晚大门的吱呀声，可它奇怪地保持了沉默。也许就算是一条狗，也深深明白被锁链绑缚的痛苦吧。

七

次日我还没醒来，整个孤儿院就炸开了锅。

我惺忪着双眼开门出去，立时听到一团炸雷般的声音重复着："跑了！跑了！大人和孩子都跑了！"我顿时感到五雷轰顶。可能吗，会是真的吗？我一直深爱的弟弟，没有给我任何的通知或暗示，就跟着一个被他视作"树"的男人走了！

整个上午我都神思恍惚，过去的事像一部独立而完整的电影。件件不停在我的头脑中循环，近到真实可感、可碰可触。我始终不能相信阿木和流浪汉已经走了。整个一天，我独自一人在孤儿院外的院墙下徘徊，不停盯视着通往市区的那条小路，总想着他俩只是出去玩了，天黑了就会回来。

太阳终于在山头后面彻底掩住脸的时候，我颓然地走回到院子里，看到哑婆婆拿着那件连衣裙子从小偏房里朝我跑过来。哑婆婆如今是多么虚弱而苍老了啊，她奔跑的平衡感甚至及不上一个初会走路的婴儿。她的脸颊上挂着因兴奋而涌出的浊泪，将那条裙子交给我，用手比画着让我看裙子的口袋。

我迷惑地从那口袋里掏出一张画片来，心里一个希望的念头已经激动地来回蹿跳着。

那上面是一簇铅笔涂绘的鸢尾花丛，看得出改了许多次，残存着橡皮的擦痕。画片的背面有一行稚拙的童体字：

诺诺姐，去南面五十里，小河镇鲍家街十五号，等你们。

我知道这是阿木的笔迹。那个在夜晚许多次被我逼迫着写作业而练出的笔迹，我是再熟悉不过了。

哑婆婆在一旁焦灼地等着我把纸片上的字念给她听。她也知道，那肯定是阿木最后留给我们的信号。他知道阿木是个有担当的孩子，绝不可能没有交代就离开的。

婆婆，外面天冷，我们回家吧。我挽住哑婆婆枯瘦的胳膊，努力压抑回眼眶的泪水。阿木说，让你放心，他跟流浪汉在一起很快乐，流浪汉会照顾好他的。他还说等他安定下来就回来看我们。

哑婆婆疲惫地入睡的时候，我还躺在床上辗转难眠。我不知道我的这个抉择是否是正确的，阿木有朝一日若明白我的顾虑时，会不会原谅我。

流浪的路途漫长且充满变数，我不能再带年老的哑婆婆去经受这样或那样的苦。倘若将事情的真相告诉哑婆婆，她一定会毅然决然地要我一个人走。所以，我必须得瞒住她。

我亲爱的哑婆婆，四年后那个雷电交加的夜晚，她在睡梦中静静逝去的时候，一定还在心里盼着她的小孙儿能够平安归来。阿木你不知道，为了那句永远无法再翻改的谎言，我已经一辈子也难以原谅自己了。

八

午日当头的时刻，一个偷偷跑到门口望风的小男孩跑回来大叫："来了来了！阿木来了！"

一屋子的人喧嚷着拥出门去，我想要见到阿木的愿望应当比谁都迫切，我本应当冲到人群的最前面，先于任何人同阿木相认。可是……此刻我竟紧张得心怦怦狂跳，坐立难安。我几乎就要打算不见他了。如今我还算是阿木的姐姐吗？即使他觉得是，我也已经找不到合适的语气和措辞。

他被人群簇拥着走进门来，已经长得那样高，当年初来乍到的小男孩的羞怯已经从他的脸上褪去了。如今他淡定、从容，眉眼顾盼间竟与当年的流浪汉颇有几分神似。他双手随意地插在银灰色大衣的衣兜里，背着一只草绿色画夹，边走边同身边的院长与阿姨说话。

他几乎是捎带着朝石凳这边的角落处瞥了一眼，目光就停住了。

"诺诺姐！"他大踏步迎上来，看着我的眼睛。我感到自己躲无可躲。

"阿木，你回来了。"此刻我百感交集却又矛盾无比地仰视着他，却让自己的语气尽量显得轻松。阿木的表情自然，毫无尴尬，他变得比我想象中更加优秀和勇敢。我不知道我是否成功地掩饰了我的不安。

"这是那年我送你的那条裙子，是吗？你冷不冷啊？"

"是啊，你还记得。"我苦笑着瞧了瞧身上的这条裙子，奇怪，它在我眼里、在阿木高档而熨帖的穿着面前竟突然显得拙劣起来。当然冷。在初春如此张扬地穿上一条裙子，多么荒谬的举动。我也不知道自己怎么想的。

他伸手拉住我的胳膊，朝厅堂里走去，悄悄说："走，以后我给你买更漂亮的。"

所有的人齐聚在一起，厅堂里人头攒动。孤儿院鲜有这样热闹的日子。

阿木环顾着一成未变的大厅和周遭注目看他的人群，突然问："哑婆婆呢？"

空气突然静默了。没有人代我回答，这样的问题只能我来回答。

"阿木，哑婆婆她三年前就去世了。"说不清为什么，看到阿木震惊而后转为悲痛的表情，我又伤心又内疚。气氛低落到了极点。

是小纪阿姨突然笑道："哎，现在还记得当年你和诺诺要好的样子，任谁也离间不开，活像亲姐弟俩！"

大家都笑起来。说罢小纪阿姨朝我挤挤眼。我明白她的意思，孤儿院资助的事。

我清了清嗓子，却转口道："小纪阿姨，你们快去忙午饭吧。让我和阿木单独聊聊。"

她仿佛领会了我的用意般，下了命令："大家都快去各忙各的吧！"又笑逐颜开地朝我说，"你们姐弟俩找个清静地方，好好叙叙旧。"

在我阴暗破败的小房间里，我锁上房门，趴到地上，再次拖出那只小木箱来。

一块黑丝绒布悉心包裹着一个花梨木镶漆的小盒子。我将它拿出来，毕恭毕敬地摆在窗前的小桌上。

"哑婆婆的骨灰。"我说。

我和阿木不约而同地跪到地板上去。就是在那刻我再也抑制不住泪水，这么几年，它们都被我毫不留情地积压在心底不可触碰的地方。

"婆婆，您天上有知。阿木如今回来看您来了。"

知不知道，男子汉也会哭的。可他们的哭泣常常无声无息，只留给自己。阿木说："婆婆，我后悔过，当年就那么心焦地抛下你们两个，自己先走了。那时我只想到我受不了这里的管束。我在小河镇等了你们一个星期，以为是诺诺姐没有勇气出走，那时我一直原谅不了她。等我长大一点的时候，才终于懂得了。"

"婆婆，原谅阿木不孝。"他颤抖着哽住了喉，握了握我的手说，"我会带诺诺姐离开这个地方的。以后，我一定会让她过上最自由最幸福的生活。"

阿木，我的眼前又有成片成片的鸢尾花在盛开了。

九

那一天的午饭在我的强劝中一直吃了两个钟头。从未像那天一样，我那么盼望时间能就此停滞下来，不要再朝前走。

席间我不停给阿木夹菜，却一直劝他吃慢点："别吃那么快，以后你可再尝不到孤儿院的菜了。"

小纪阿姨笑话我道："瞧瞧，还是姐姐对弟弟最好，啰啰唆唆都快赶上当妈妈的了。"

阿木脸上洋溢着幸福的喜色。他吃得很多，可在我眼里依旧是快了点。最后他有点心急地站起身来，边用纸巾擦嘴边说："我吃完了。"

他转向院长："院长，我下午就回上海去。带着诺诺姐一块。"他语速很快，可是不容置疑，"你们先吃，我陪诺诺姐先去收拾东西。"

他过来拉我的手，却被我躲开了。原谅我吧，阿木，我在心里绝望地低喃。

"谁说要跟你走了。"我笑道，"我都在这里生活了十七年了，哪里舍得走？"

阿木惊愕地张大了嘴，难以置信地盯进我的眼睛里："你说什么啊？姐姐？！不可能，你骗我。"

"骗你做什么。大家待我都挺好的。和你不一样，我自小就是孤儿。我早把这里当成唯一的家了。"

"不行，你出来跟我说。"他气恼地拽住我跑到孤儿院大门外。

"阿木你现在有出息了。"

"你什么意思？到底为什么啊姐姐！她们对你那么不好，你究竟为什么还想留下来？瞧瞧你这双手，你干了多少活啊！"

他捉住那双皲裂成紫红的手举到我眼前。伤口真的很疼。

"是啊，就是这样一双手，这双每天只会干活的主妇的手，怎么叫它去你的那个城市生活呢？阿木。"

我背过身去，靠在车上，不敢再看他了："除了洗衣拖地做饭，这双手什么都不会。去到大都市你那个艺术的小圈子里，参与你的生活，我能干什么呢？就算你向别人介绍说我是你的姐姐，也没人相信。看起来，我无非是个保姆。"

我颓然地盯住自己的手看，轻轻地说："阿木，你知道那样我一点都不会快乐。"

我看到他愕然地沉默着。我以为成功的画家生涯已经治愈了他的忧愁，可如今，那阴影分明又在他脸上重现了。

"没什么，"我却真不想这样伤他的心，"没什么阿木，反正你有钱，又有时间，以后想我了，就回来看看我。我不怕身体上的累，但已经承受不了心灵上的苦。别再让我去外面忍受那种煎熬了。没有离开过孤儿院，看不到外面什么样儿，不也挺好的。我现在真的活得挺好，所以，你放心吧。"

我伸出一只手搭在他的手上，真诚而歉疚地望着他。我感到有细小的针尖在我的心上一下一下地戳，你只能忍受它、掩饰它，却依旧要微笑，不能喊疼。

阿木终于相信了。他神情惨伤地走到车后，打开后备箱，从里面取出一幅装裱精良的画，走过来交给我。

"我原本打算挂到你新卧室的墙上的，诺诺姐姐。现在送给你吧。"

十

院长看到我独自一人从外面走回来，责怪的表情就写到脸上，迈上来问我："走了？"

我疲倦地点点头，又听到他急切地追问："那赞助的事儿呢？"

"什么赞助的事儿，我不知道。"

我避开他准备往房间里去，却被他一把揪住了。他一眼瞧见我手上拿着的画，顿时笑逐颜开："就知道你有办法，诺诺，这一幅画也值不少钱了！"

人们听到这话全都拥上来，探头细看那幅画，却齐齐发出失望无比的叹息声。

"什么破画家，都是吹出来的。"

不错，阿木所送给我的，就是一幅铅笔勾勒过的无比简单的鸢尾草图。就是眼光再别样的鉴赏家，也看不出它究竟有什么特别之处。

就这样，我喜滋滋而畅通无阻地走回到我的小房间里去了，有谁能看到并明白画作右下角那一行可爱无比的童体小字呢？

鸢尾花语：自由，光明。

作者简介
FEIYANG

李晓琳，笔名艾童，1990 年生于山东。九岁在某作文选集发表第一篇铅字后，即被父辈认为具有文字方面的异禀，寄予厚望。无奈野心不大，叛逆心却极强，十几年一直在拥堵的小路上栽植自己的梦想，惶恐地躲避着风头。因思想古怪而难被理解，因生活琐碎而偶感痛苦。蹉跎至今，最大的愿望便是可以与文字重遇，吟咏生活、书写自己也直面命运。(获第十一届新概念作文大赛一等奖)

鞋带纪事 ◎文/陈充

　　寂寂的，我看到你的鞋。是一双红鞋，没牌子，沉默的，不知谁送的。有时，不穿袜子，脚后跟会掉一小块皮，露出凉凉的、黏黏的粉色的肉。

　　它不是芭蕾舞鞋，不是鲜亮的皮鞋，不是美丽的长筒靴。

　　它有红鞋带，有非常，非常易散的鞋带。

　　你喜欢它，喜欢它的鞋带易散。是吗？

　　有些说不清的事，只能低下头，看着鞋带，慢慢想起。

一

　　今天是星期七。如果你不系鞋带的第一天算星期一的话。

　　快点穿上袜子吧，别喝牛奶了，要迟到了。快点快点。如果这时你的鞋子有轮子就好了，那样，一定有四只小老鼠拽着你的红鞋带向学校跑去。

　　想象一下吧，在街上，所有女生尖叫，人闪在弄堂缝里去了。在校门口，你和小老鼠一起向脸色煞白的女老师问好。你笑着对她说，对不起，吓到您了，然后优雅地俯身打个响指，它们就可以消失不见。过一会儿，你同桌在未进入教室时就能听见你响亮的朗读声，你会得意地看到，她在偷偷地看窗外太阳升起的方向。

好炫，对不对？

幸好，你没有系鞋带。你系鞋带正常的要两分钟，你差五秒就迟到。

同桌抬眼，对走进座位的你说，你这几天运气真好。

连系鞋带都要两分钟，你知道自己动作慢得要命。别人插上耳机做半小时的作业，你要一个半钟头。别人在食堂排十分钟的队，你要排三十分钟。别人在老师说完的下三秒就心领神会地点头，你要茫然到一分钟后才鼓励自己说，我懂了。

很多时候，你想，我要是有阿甘奔跑的速度就好。那样一切都会快起来的，做题会快的，排队会在前面的，脑瓜子会灵光的。

那么现在，系鞋带的时间算不算变为 0 秒了呢？

二

你明白，自己微弱的羞耻。小小细细，狭长的，有时羞红，明显，隐在灵魂背离春天的一侧。日光下，它轻易地被涌动的言笑淹没。在心里，它总是和一点点灰色沾染在一起，暧昧不清。

其实，也不过仅仅是你在出操时独自一人，游离在外，从无女伴相与闲聊。

这事，你不对任何人启齿，像谁谁逍遥地活在人间而不想让别人知道自己其实是妖精一样。

你想好了，有人问你说，仰光，你怎么老是一个人啊？你说，废话，我可不想让人踩到我的鞋带。这样的回答很白痴很简单，好像你的鞋带被施了法，永远也系不起来了。

十七岁是言语繁盛生长的时候，有那么多幻想，那么充沛的情感，每个走过的轮廓与脚印都是那样年轻静好。

你，安静地，脑子里一点点勾勒出地理要熟记的岛屿轮廓。若是夏末，你的手感到冷，插进校服的口袋。这样，很好。

校服，或者病服，甚至囚服，总给你安全感。有点病态，却真实，如鞋子不系鞋带的习惯。

人群，你喜欢人群带来的隐匿感，如滥竽充数。混迹在人堆里，偶尔被熟悉的人发现，你傻笑，说一些"你吃过饭了吗"的屁话后，走开。

我知道的，你不颓废不忧伤，读书用功得惊人，在想及未来时，比任何同龄人都无措，都抱有希望。

人多，你低头，防着鞋带被踩到。你的脑袋如木偶，线被鞋勾住。

偶尔有人说，同学，你鞋带散了。你回头看，说谢谢，再低头。

女孩子，两两知己，浅笑着，拉着手，声音若繁华浮现，如通俗乐音，却遥不可及。

三

你的教室跟 Sun 的相离不远，你去洗手间，去办公室，上体育课都要走过他的教室。

我知道你要说什么，好吧，你并不是故意去看他的。

他们两星期换一次座位，有时候他坐在窗边，你不费力就能看到他的侧脸。有时候，你的目光低下来，没有越过熙攘的人与桌椅找寻换了位子的他。

你没看到他，也知道他正在某个角落，穿着白色衬衣，个子长了很多，和同学讨论题目或者没心没肺地谈天。

那么多次，你每次走过他们教室的速度都不同。有时候心情忧虑，走过时，就偷偷地用余光看他一眼，继续着满腹心事，算着还有几分分数可以拿。有时候，走得慢，想他以前做自己同桌的样子。

他以前的样子多么模糊呀。你记不得他摘下眼镜后，眼睛像小浣熊的样子了吧?

他以前上课发言多紧张呀,身体微微向前倾,言语不清。

他的第六册科学书上粘着一根褐色的炒面,那一页在讲血管对体温的调节作用,中考前,那根像蚯蚓一样的炒面常常被你取笑。

他永远找不到昨天发下来的卷子,总是满抽屉找,不过还好,他在中考前已经知道用个大夹子整理了。

那么现在,你不知道,应该好多了吧?

现在他应该学会把试卷分类放置了吧?如果他的同桌是个女生,那么他应该学会了吧?

你才刚刚走过他教室,忍不住想回头看一眼,他的书桌上是不是还有杂七杂八的试卷和书本。

第一个月,你走过他,你能够回忆他直到过完下课十分钟。

第三个月,关于他的记忆在走到自己教室后突然间歇,脑子如同看到一张窄小心电图上的直线那样,反应不过来。

有几次,看到他扬起头,认真听课的神情,你想这一定是节数学课,或者物理、化学,绝不可能是语文。他以前的语文书上画满了几何图形,他讨厌你喜欢的语文。

在他的抽屉里能找到三个月没扔掉的牛奶瓶和半年不带回家的外套,他的字迹永远是唐人狂草,一本笔记本记载了四门课的内容还兼打草稿。他一天到晚一支笔行走江湖,考试前要复印别人的英语笔记,却还要向你炫耀复印品。以前,你常常拿这些当笑料讲给别人听,因此熟悉不已。

现在倒好,都成了你对他的寥寥的回忆了。

你想不起来他的表情,那天你连续帮他三次捡起掉在地上的圆珠笔,一定是那时你忙着抱怨他而没有注意他是什么样的表情。

你现在和他擦肩而过时,同学聚会时,一起去看初中老师时,他都没有表情,他不跟你说话,你也是。你们只有在网上有一些调侃。

忽然,你记不得他的任何表情了,写到这儿,你错愕,他以前和我同桌过吗？

即使你走过他窗边，自始至终，你不打招呼，他也没有一次注意到你。

你看过他一眼就低下头，看着散着的鞋带，想，哪一天他会对我说，嘿，仰光，你的鞋带散了。

而之后，你们文理分科，你读文，他理。相隔甚远，你再也不用走过他的教室了。

四

落日下，你是不想看到乔的。

是的，早知如此，你就不要去校外带汉堡回来吃了。

如果这时你身边有同学，哪怕是一个不怎么熟悉的人，你都可以上去搭讪，假装与他人交谈而没看到她。

而事实上，你无从选择。你低下头，又看见散着的鞋带。

当年你认识乔时，她不过八九岁的模样，骑着一辆小自行车，在油菜田边玩耍。她扎着羊角辫，你过去说，你好，我们同一个班是不是，你叫什么名字？

现在看来，不过是想玩短发小女孩乔的自行车而套近乎的戏码。可放在当时，你们就特纯真。

纯真到乔说，我叫杨乔，你叫什么？

纯真到她说，你的鞋带散了。然后她蹲在地上教你怎么系鞋带。

接着，你们就手拉手地在一起，玩到天黑后被父母扯回家。

你们成为最好的朋友。

在那时你们还可笑地做过结拜姐妹的蠢事。你傻到在乔生日的时候，把妈妈给你买的，相当于现在纽崔莱价钱的维生素片送给她吃；

你傻到让阿姨惊讶地发现她送给你的大公鸡玩具不见了，让阿姨难过了很久。公鸡是阿姨的生肖，阿姨说，公鸡就代表阿姨，你怎么可以随便把阿姨送给别人呢？

仰光，你真的很笨，把自己最宝贝的东西送给乔。

后来，你狠狠地后悔过。后悔自己像电视里的笨女人捍卫爱情那样捍卫友情；后悔你在下雨天撑着伞送她走很远后再回家；后悔在她跟你说无数绝交后掉过无数次眼泪。

你现在真的不知道，你小时，怎么对待感情这么认真这么计较？小时怎么可以一想到去乔家玩就激动不已？怎么可以一天必须打一个无关紧要的电话给乔？怎么可以那么轻易那么多次地相信乔拙劣的谎言？

怎么可以傻傻地一个地方等乔很长时间，并且相信她一定会守约。当你知道她已经爽约，而和哥哥去玩后，你却不生气，一点也不想责怪她。

仰光，你小时候这么没大脑。这么固执。

以至于你们彼此伤害，彼此安慰，直到年岁渐长，直到渐渐陌路。现在，你对周围朋友都是可有可无的感觉。

你走过她身边的时候，她没有说话。她也低着头，她再也不会像你们初相遇时那样俯下身子，对你说，你还没学会系鞋带吧，来，我教你系。

她应该和你想的一样，她应该在想，早知道这样，还不如在食堂吃一下算了。

五

他是上海新东方英语培训的男教师。

第一眼看到他时，他背着包，身影清瘦，你以为他只是个大学生而已，并不知他和很多上海男人一样，三十，单身。

自然，他说很好的笑话，自恋地说自己很帅，唱《爱的代价》，说本老师的歌声如蜻蜓点水般，一句就能点乱人的心湖。你被他吸引，他的美音很好听。

这些，不足为奇。新东方的老师，理应如此。你理所当然得这样理解，也理所当然得觉得他好。

下课时忽然转头看见他时，你转过身，想起他的玩笑话，寂静中，低下头看着散着的鞋带。

想，是不是该系一下了。你弯下腰，他从你身边走过。

你和他是陌生的，从课堂上到私下，没有一句对白。好像，你是一个看客，他是一个戏子，演到好处，你鼓掌称赞，和他隔着一个角色的距离，独自欢愉。

台下，他卸妆走过，你相信他演的故事，如果A是他的角色，你无法对他说A不是死了，你怎么还活着这样的蠢话。排除这种可能，你是不会无故和陌生人搭讪的。

他老师的戏份，只是在新东方课堂上。而台下，他有他的故事，你不知道。

他那么陌生，他老师的身份已经消失殆尽，和街上行头的上海男人没有区别，尽管你想叫他周老师，你想让他知道你是谁，可，一个演员不会知道一个观众的名字。

你那么迫切地想让他记得你，一个大教室，二百多个学生中的一个你。

甚至，在别人小心地躲避背诵句子的提问时，你想让他叫你，然后，你流利地背出来，告诉他，你的名字。这是唯一理所当然让他知道你名字的机会。

他是不叫你的，你上课太乖了，他叫那些不认真的孩子。你又想，在最后的考试中考第一名，让他表扬你，可是，他们是不改试卷的。尽管你是那么认真地复习，那么虔诚地答卷，那么自信又小心地交给他试卷。最后，只是从他手里拿了一张狗屁证书。

那就迟到吧！本来规定是要唱歌的，因为你实在五音不准，另一个迟到的替代了你。你忽然想要迟到第二次，蓄意地，然后在他要求你唱歌时说，我不唱歌，我念一首我自己写的诗。这样，他就能知道你会写诗，你是谁，你很棒，与此有关的信息。即使只有一点点，即使他会忘记。

你没有记得他很多，你只是很多次在被子里听 MP3 里录下的他的歌声、讲单词讲语法说笑话的声音。

你没有记得他很多，你只是一遍又一遍地告诉两个同桌他怎样优秀，以至于同桌也和你一样想去新东方想上他的课。

你没有记得他很多，你的 QQ 号被盗之后，你凭着对他个人资料的记忆，在众多的 Francis 里找到了他。

他不知道你找他花了多少时间与耐心，你骗他说能找到他是因为在背新概念英语后你的记忆力好很多。其实，你不想丢了他，在深夜，你握着鼠标，直到手心都是汗。

记忆不是平等的，他不认识你。

你没有记得他很多，你只是，看到红鞋带散掉的时候想把它系起来了。

在网上，他和你聊天，他知道你只是他的学生。但，他不可能像你们英语老师那样催你背课文，不可能数你一星期上课发言的次数，不可能关注你的英语成绩。

他与你无关，他与你的英语成绩无关。

写完这个以后，你也许不会记得他。真的不会了，你那双红鞋子不是破了被丢掉了吗，那两根长长的鞋带，易散的鞋带，消失了吧。

还是会留在记忆里，永远散着？

你，不知道。

作者简介
FEIYANG

　　陈充，1991 年出生，网名守望 CongCong，笔名纪仰光，天蝎座。喜爱徒步旅行，听张悬的歌。（获第九届新概念作文大赛二等奖，第十一届新概念作文大赛一等奖。）

风筝 ◎文/徐衍

一

支离破碎的自由，纵使驰骋得再高拔，依然摆脱不了那根如细线般的宿命的牵引。

"你丫的，成天瞎跑，再胡跑看我不打断你的腿。"当处长的继父穷凶极恶地想把眼前不长进的孩子给撕了。

"不就是混了个处长、混了个头衔、混了辆小车……什么都是混的，丫简直就是一混账！"从来不愿称其为父的儿子在日记本上恶狠狠地种下诅咒。

车祸突如其来，冷不防地搅乱了原本冷冰冰的家庭格局。素白深黑，错综复杂地纠结在灵堂上。没有眼泪，孩子冷冰冰地保持着固执的姿势，双手环抱胸前，一副拒人于千里之外的冷漠，也是一种保护、伪装自己的伎俩，纵然不高明，好歹也可以换来心底一阵抽搐般的悸动——暂时的安慰。

一阵风过，风筝以为飞的本能与生俱来，殊不知线断了，风筝也就不能称其为风筝了。

儿子在凌乱的房间里，浑浑噩噩地颓废了几日。往事像浮藻从河床被连根拔起，浮出水面：那些每晚睡前悄然无息地摆放在门口的热牛奶；不露声色地敲敲门的示意；跑到大老远的外省买回来的具有"地域性针对性"

的复习资料；那些母亲少了些许愁云惨淡，多一些久违轻快的日子；那一段年轻寡妇告别寡妇生活的岁月；那一宿成熟鳏夫挥别鳏夫生涯的时光……全都席卷着水底的稀泥，喷涌而出，翻出陈旧的古老传说。

有些东西断了遗失了，是可以补救寻回来的；风筝的线断了，就迷失方向了，毕竟断线的时刻上演在凌空架起的空中，一片空荡的苍穹里，是一派浮华的出走。

死亡的阴影定格在儿子十几岁的尾巴上，一段青涩和成熟的衔接处。母亲继续愁云惨淡，寡妇的生活再次重演，只是这一回，她已经不再是一个年轻的寡妇。搬迁到了一块偏僻的地段——城市的边缘地带。像是被抛弃般远离往昔那大段快乐幸福的日子。儿子依然往外跑，心如死灰的母亲也只能听之任之。曾经澎湃的火山进入了休眠期，厚重的火山灰积压在这段雾蒙蒙的灰色日子。

风筝会是那只一生只能下地一次的无脚鸟吗？飘零在风中的宿命诅咒，会被打破吗？

儿子跑回家，带着整条小巷都可以听闻的结结实实的欢笑。黄昏的光影滤过这片支离破碎的建筑物，却意外地投下了整齐划一的阴影。或许，阴影本身并没有固定的形状和模式，它只是在太阳的催化下，自由地布施它万变不离其宗的黑暗。

"妈，你看。"儿子把一项发明专利炫耀似的摆到母亲面前。

"声控自动风筝……"母亲一字一顿地瞅着专利书上的字眼，"你跑到外面去就是为了这个？"

儿子没有回答，红色的烫金证书封面，在阳光的涂抹下熠熠生辉，宛若尘封的火山吞吐出气势磅礴的岩浆，涤荡了这段不长不短的阴霾。

是的，声控自动风筝，即使断线了、迷失了，也可以重新回到蓝天，永远不再停滞。无脚鸟的悲剧也许成为历史，冰封在一座火山的底部。瞻仰成为缅怀。

二

到不了的地方叫远方,回不去的地方叫故乡。原以为飞得高高在上,殊不知,远方和故乡转瞬即变。

没风的时候,阿一破口大骂地想把风筝的骨架给拆散了,瞎折腾了好大一会儿,阿一气急败坏妥协地一屁股撇在一边,累得和那被她快鼓捣烂的风筝一样,散架了,阿一愤愤地指着天:"你给我记住。"不知道的人还以为哪个欠了她一百块的冤家,用竹蜻蜓逃逸了。

大风起,尘沙走。狂风大作,可歌可泣。无奈我们眼睁睁地瞧着大风在一边横行霸道,身子骨却丝毫用不上点劲儿,干巴巴地望眼欲穿。想飞的欲望在我们体内横冲直撞,但是不听使唤的脑神经系统就是无法支配起我们的行动。望穿秋水大致就是这种濒临悬崖的绝望。

风筝,起飞降落、摇曳停顿、起起落落、半明半寐。宛如一位迷失在风中的舞者。轻逸灵动,舞鞋流浪在虚无里。

放风筝同样是个放逐的过程,放逐自我,扬在风中。阿一绝望地对天叫嚣完"你给我记住"之后,立马又委顿下来。就像风筝,飞得再高,也逃不过那根线的牵制,无望地受着摆布;即使挣脱了线的束缚,短暂的游弋后,扑面而来的是跌跌撞撞的粉身碎骨!

喜欢蓝色的风筝,蓝色的风筝线,带着蓝色的心情,温柔地滑翔过天际。因为和天空混为一色,所以可以柔和到不着痕迹。淡蓝、天蓝、深蓝、湖蓝、明蓝……蓝,也可以暧昧得多姿多彩,没有界限。

肆意的青春、张扬的个性、明媚的季节、阳光的街道、草地枝头都开始没心没肺地蠢蠢欲动,萌发绿色,带着新生,带着希望,冲破藩篱,继续成长……

阿一终于心平气和地缓了口气,风起风落,演尽人间冷暖。

叶的离开是风的追逐还是树的不挽留?

那么之于风筝呢?

是风还是我们的紧拽?或许正印证了那句话——"不是风动,不是幡动,是心动!"

三

小时候,愿望是糖果,梦幻的糖衣包裹缤纷的糖果,夹带其中是紧紧的小幸福。

长大后,愿望逐渐泛滥成水中倒影,清一色的紫鸢尾环抱左右,触碰到的是一场易碎不确定的幻觉。幸福开始失去质地,头重脚轻地上升为水汽,蒸成氤氲。只能一路平静地臆想,一路颠簸地践行了。

我们开始渴望风筝代替我们曾经一本正经而今却有些玩世不恭的愿望憧憬——飞!

希腊神话里的卡拉斯,粘上双翅,飞向太阳。义无反顾到壮烈的征程:越是接近那个赤红灼热的目标,肩上的双翅因为高温越容易脱落剥离。我想象不出卡拉斯坠落的短暂滑翔里,有没有拥抱到太阳,轰轰烈烈抑或悄然隐于市地给这颗红色星球添上一道永恒的弹孔般的印记。

徐志摩诗性的笔触下,也蕴藏着野心勃勃的大愿望——

"是人没有不想飞的!"

"真的,我们一过了做孩子的日子就掉了飞的本领。"

我抚摩双肩,继而是后背突起的蝴蝶骨,想一探自己身上到底还有没有翅膀拔节过的痕迹。可惜的是,站在镜子前,左顾右盼,光洁的躯干单调得一无所获,没有丝毫沧桑征兆的疤痕。我想,也许我就是这么不知死活地成长起来的吧?至于什么翅影,压根没有留意。有了这个前提,我终于可以隐忍阵痛宣告,我长大矣,我成熟矣,我世故矣,然后再慢慢去老成,即使好事者在之前加上"伪装""虚假"的定语,我同样还是彻彻底底地长大矣。我起飞的姿势遍寻不着。

当人无法企及最原始的那份憧憬时,退而求其次的无奈萦绕心头,挥之不去。初恋的曼妙让我们在邂逅婚姻时，总是多多少少带些初恋水般的印渍。至于风筝，不止是小孩的玩意，成人在日渐麻木的行走俯仰中，也只好邀寄于一根线牵引着高高在上的风筝，无关纸糊还是布扎，期冀的只是一种自由自在的生命形态，即使是替代品。我们依然欣慰，依然兴奋地大叫，依然幸福地流泪满面。飞！

四

停电一整夜，看到黑暗中摇曳的烛火，颤颤巍巍地抖落出一连串浮生琐事。烛光肆无忌惮左右前后上下摇动，可惜再怎么不安分，终究脱离不了其下或红或白或长或短或肥或瘦的根系。这点和风筝同宗同祖。

有一部片子，男女主角站在夜幕下，于大片大片神奇得叹为观止的流星雨下，相拥着互相取暖。她对他说，要是能够抓住流星就好了。结果，他变戏法似的从背后掏出一支类似小蜡烛状的烟花棒。"哧——哧——哧——"细微的燃烧声，翩然灼烧于那纤长的柄上，持久绽放。渺小精致的火光下，她流泪抽噎，他微笑不语。看到这里，我全身被温暖毫无预谋地击中，同时也诞下一个浪漫无比，至少把自己感动到稀里哗啦一塌糊涂的阴谋。我活似一只灌满温暖的小铁盒，然后倒在庞杂的温暖中，这就是满足，没有后顾之忧的纯粹满足。

我拙劣地谋划模仿影片桥段给女友一场意外的浪漫。不幸的是，流星雨可遇不可求，那么只有寄希望于其他物象。这个阴谋酝酿了足有半年之久，半年后和女友千里迢迢、风风火火跑到青海看鸟。遮天蔽日的鸽灰色，在干涩的天空中呼啸。思忖再三，终于向她开口："你想不想取下一只，放在手心细心呵护啊？"

"才不要呢，脏死了。"

女友不屑地努努嘴。我几乎晕厥再昏死过去。原先运筹帷幄的安排是，她说好或者嗯，然后我跑到先前打好招呼的小店取出一只千挑万选的灰色鸟状风筝,交到她手中,再极其深情兼煽情地告诉她——"我把我的幸福都交给你了。"

结果却印证了阿一常挂嘴边,那句歌颂上帝的口头禅——"人算不如天算啊。"在回程中,我闷闷不乐地思索:一个中文系的男生找上一个物理系的女生,实在省却了很多细致风月。那只风筝,没有上天的风筝,永远搁置在我心头。虽然浪漫流产,但我为这样的企图觉得烂漫。无关浪漫的烂漫,像风筝上天走了一遭后,短暂小小的轮回!吸取教训,任何企图虚构的幸福,只能在地老天荒的暗无天日里夭折,记着!

<h1 style="text-align:center">五</h1>

上一段说风筝和烛光相似,其实也不尽然:烛火只有方寸大的烛台,而风筝拥有的却是广袤的苍穹。原谅我这么快推翻自己的结论。因此风筝可以有大幅度的活泼,大幅度的挣扎,而烛火的运动幅度稍一增大,就会绝望地熄灭。从另一种意义上说,风筝又是没有根系的,它们是一团永远找不到归宿的水状炫目色彩,是一个生命力旺盛持久的小传说。

这样的特征又注定它无疾而终的结局:一生都在动荡中流离失所,一生又在流离失所中动荡着。

有一种鸟,它生下来就没有脚,所以只能不停地飞啊飞,累了就在风里睡觉。这种鸟一辈子只能下地一次,那便是它死亡的时候。这句话已经被套用援引论证阐释了 N 次了,既然都已经泛滥成灾,姑且被我再挪用引证一回,N+1 次也无妨吧?

风筝落地意味着它香消玉殒,不管是短暂还是永恒。繁盛地开启、迟钝地闭合。开合之间,是阿飞终其一生讲述了一只无脚鸟的身世,还有作为衬景的一只风筝,起起落落,归于沉寂。

六

桐子巷有一户人家，左边是一间碟片出租房，右边是一间干洗店。夹在中间的这所房子的主人是位孑然一身的迟暮老翁。他的确切年龄无从知晓，只能依稀打听出他是上世纪京城有名的纸匠。谁也不知道他是怎么流落到这条偏僻陋巷，夹在这片低矮的世俗平庸中的。年复一年日复一日地削竹篾、扎竹架、糊宣纸……

直到这个迟暮的老人在一个迟暮的黄昏，溘然长逝。

后来人们进入老人的里屋，一排接一排精致的纸糊风筝，艳而不俗的水彩，震慑了在场的所有人。居委会大妈收拾屋子的当儿，翻出几本厚重的日记。口耳相传，桐子巷开流传起一个遥远又迫近的传说——

老人曾经有一个相依为命的女儿，叫洁莲，她整日里帮着老人糊风筝。一晃数载，老人在京城渐渐打响了名号。时间追溯到1937年，那是个多事之秋，亦是一连串噩梦的入口。老人的风筝店由于处处遭受打压盘剥，勉强凭借着几年来的口碑惨淡经营。有回恰逢日军进城扫荡，八字胡的小头目来到小店，眼瞅着花花绿绿的风筝，暗里却对洁莲心猿意马，动起了歪脑筋，硬拉了洁莲回去。

洁莲只身带走了一只长条的蜈蚣风筝，义无反顾地踏上不归路。老人关了店面，掩面而泣。

洁莲穿上和服，在日本人面前随一群艺妓献舞。有别其他的是，洁莲手里拿着那只夺人眼球的蜈蚣风筝，高超的技艺把一群精明的军人迷得一愣一愣。日本人甚喜，对洁莲宠爱有加。三天后，照例风筝表演，洁莲突然从蜈蚣风筝两只眼珠里抽出两把匕首，寒光乍现，接着是一道火花。匕首在离日军头目几寸处永远停滞。洁莲前胸血流如怒放蔷薇，热烈中带着赤色的血腥。

老人得闻噩耗，收拾衣物，便住到了桐子巷，十几年的时光，恨也渐渐稀释，老人不断地糊着风筝，尤其是长长的蜈蚣风筝，浑身涂满艳丽的红，像带血的残肢，控诉着陈年的累累罪行。

这个故事，在桐子巷人尽皆知。恍惚有一只乱世飘零的风筝，萦绕在每一个桐子巷住户的心头。

七

这是一串关于风筝的心情，一系列关于风筝的故事……到这里，风筝线断了，叙述戛然而止。

岩井俊二的《燕尾蝶》里，那枚栩栩如生的蝴蝶纹身嵌在胸口，气息起伏时，蝶翅扑扇。于是，我也想有一天就在手臂上，或者找一个更隐蔽的部位，刺上一枚风筝纹身，永远指向蓝天，不离不弃。

只是，还是要不合时宜地用一个"不合时宜"来打断结尾的平静温情。

风筝出手也飞不出苍穹，就像蝴蝶飞不过沧海。一个"苍"，一个"沧"，两个同音字，两种同样异曲同工的宿命。

顺便说一句，我是一个喜欢制造波澜的人。

八

为了凑成八段，这段纯属无病呻吟。风筝无风不舞，不是吗？

作者简介
FEIYANG

徐衍，产于巨蟹座的最后一天，生存于80后和90后夹缝之间，注重精神生活，没有音乐电影文字将无法存活。对于现实有着忽冷忽热的兴趣和反应，努力尝试多种文字风格的创作。喜欢陈染私语似的写作，也喜欢苏童专属的文字氛围，对杜拉斯敬而远之，对昆德拉拜倒辕门。（获第十一届新概念作文大赛一等奖）

化雪  ◎文 / 刘践实

　　我仍然相信，那个冬天的雪是有灵性的。因为它曾让两个同样冰冷的灵魂彼此靠近。

　　苍白的天地，无瑕的灵魂承载着两行孤单的轮胎印，一路向北漫开。

　　他时常在想，如果那个时候，在寂静的车厢里，他也许只要坐在她身后，对她说一声"早上好"，那张安静秀气的脸便有了微笑。或许故事也不会是这个结局。然而他没有，于是那个背影成了残缺抱憾的回忆。

　　四个月，一百二十二天。数字只是数字，悲伤无法传达。过去的也只能成为过去。

　　从飘雪到春初。小城。

　　这样的日出可能是小城人唯一的奢侈品，可惜却没有人留意。东方墨蓝色的天空开始被绛红浸透。太阳是暖红的，光看着就让人感觉很温暖。他是喜欢看日出的。

　　小城很小，小到只有四路公交。从城市的一侧到另一侧只需要半个小时。他每天都会坐第一班 3 路去上学。售票员微笑着看了看他的月票，他也报之一个淡淡的微笑。车很旧，走在上面会吱呀吱呀的响。当响声响起四次以后，他总是会"漫不经心"地向右侧一瞥。然后若

无其事地走到他每天的位置，带着微笑。

　　她就坐在上车第四步的窗边，小城人不多。所以她几乎总是坐在那里的。车上的人也很少变动。他几乎都认识。看报纸的大爷，睡觉的小部门经理。抽旱烟的老奶奶。还有她。他喜欢看她的背影，很安静，很纯粹。

　　小城的清晨很冷，车窗上冻了一层薄薄的冰。氤氲的水汽缓缓下落，然后在某个界限倏然消失。如同早已安排好的一样。

　　透过玻璃的微弱晨光把她的剪影投在车内的地面上。纤细，有些飘摇，像童话里的场景。

　　车窗倒影里女孩的头发遮住了前额，静静地看着窗外。她喜欢隔着冰雪看这个世界，仿佛一切都会变得如冰雪般纯洁美丽。这一刻是安静的，大家都很有默契地保持沉默。

　　只有在这个时候，他才能放肆地看着那个背影，无可名状的悲伤也同样放肆地将他淹没。绝望，没有出路。这时间静止的车厢，这应该永远被怀念的画面。

　　她不知道他的注视，身前身后，相隔甚远。一切无从知晓。

　　汽车在满是冰雪的小路上缓缓前进，太阳也终于摆脱了地平线。玻璃还是冷的，小城熟悉的景物缓缓倒退，小吃店还没有开门，烟囱里缓缓冒着白烟，也有小孩昨夜堆起的雪人，上面小心地系着红领巾，一切都在缓缓倒退，走着缓慢的基调，最后消失在一片苍白。

　　她，不知道他在注视。

　　车很快到了他的终点。回到班级，他拿出自己的笔记本，写下"留白若雪"。然后用沉默回答了同桌的好奇，他不信任。

高三，一个梦想消磨殆尽的年代。所有人都直奔幸福而去，所有人都去向了相反的方向。在所有人面前，他笑得没心没肺，借以摆脱世界给他的真空感。他在课上走神，在哲学中放任自己迷失。觉得孤独正在谋杀自己，却不愿对朋友开口。那是一个聋哑人无法向别人描述梦魇时才有的压抑。

当想倾诉的时候，天蓝色的围巾，整洁的校服便在脑海里清晰起来，自然，没有道理。他自嘲般地笑了一下，结束了这幸福短暂的臆想。他和最好的朋友——中午聊着未来和梦想，却都彼此保留着内心最深的角落。身处人群中却恍如身陷孤岛。十八岁，普遍的年纪，普通的男孩。

放学时已经是晚上八点半了，没有过多的人群，上车时依旧是大片大片的空白。她还是坐在原来的位置上。安静地望着窗外，路过，微笑，坐下。他无法解释地迷恋那个背影，所有的幸福就在肩与肩的缝隙间看到她戴着天蓝色的围巾的样子。他固执地选择三排的距离，近在咫尺，却永远都是一道沉默的屏障。

他是相信命运的，不祥的预感告诉他，不会开始，没有结局。这是如同上天赐予失明者阳光的一个妙不可言的嘲弄。

高三，一个有些莫名其妙的年代。人们执迷于没有结果的情感，并自以为是爱情。他目送了一场又一场少年心事的葬礼。

他时常做这样一个梦：街道寂静，四下无人。他想要追上前面的女孩，可大雪成了屏障，他只能看着女孩消失在街道的转角。他不能说爱她，因为雪下得太大，她走得太快，无法触及。

人们说在某个时间，某个地点，一个人注定要遇见另一个人。时间在摆布一切，而自己什么都不能做。如果相遇是开端，那末日便是一个人对另一个人的永远消失。眼下的我们依然可以相遇，这是幸福的，值得庆幸的。

冬天，小城最柔媚的时节，雪下得很轻盈，一点一点将整个世界染成白色。他喜欢这个时节，一切都美丽而纯粹。像童话故事里的情节。

他想，她也应该是喜欢童话的，只有那个世界才能包容她的纤秀。她应该还喜欢海子，喜欢顾城，喜欢油画，喜欢诗词。有时她的表情浸透了别人无法理解的忧伤，他固执地认为他能读懂，可他只能注视，因为爱只能缄默。

十八岁的男孩，有些放肆的外形，岁月的风吹了太久，他忘记了自己本来的模样。或许在她眼里，自己只是一个不能记住的形体。在人海里擦肩而过，他们可能会有感触，一回头，前尘往事都被遗忘了。

是的，那将是唯一的结局。

毫无征兆地，车停了。

驾驶员歉然解释这样的事很少发生，现在乘客只能下车步行，人们一阵慌乱，窗外还浮动着没有淡去的黑暗，小城还没从睡梦中醒来。这是首班车，她什么都没说便起身向车下走去，门打开的时候外面的雪花飘了进来，是冬天的味道。男孩不喜欢看这离开得突兀的背影，犹豫了一下，也下了车。听任身后不安的声音依旧骚动，街道一如既往的空旷，前面的人走得很近。

也许要发生什么，这不是预感，是梦境。街边的杨树落光了叶子，土棕色的树皮在雪地里显得很突兀。道路无尽地向天边蔓延，终点便是那条雪花中飘着的天蓝色围巾。她一直没有回头，但或许早已知晓了他的脚步，会不会也早已知道了他的注视。梦境太精致，太脆弱，主角太沉默，但谁都不能怪谁。

她走得很慢，侧影沉静忧郁。四周无人，他或许应该走上前去说他爱她，然后很勇敢地凝视，等待。雪骤然变大，人影开始模糊，他什么都看不清。他想选择幸福，却没有赌注。他们也许会相爱，像陌生人，像失散多年的亲人，他会了解她，正如他能读懂她每个表情，道路变得陌生，什么都没有发生。

她只当他是陌生人罢了。

不会有爱情，不会有焰火。两个陌生人擦肩而过，烟消云散，她，不知道他的注视。

雪下得很厚，每一步一个脚印，白色的地面发出"咯吱咯吱"的响声。她依旧在视线里，四周无人。突然，梦境结束了，他学校的大门出现。什么都不会发生，她的一切，都要消失在街的转角。光线缓缓破开云层，刺向地表，早晨美丽得太残酷，他的绝望如此卑微。

她就要走了，这样陪她穿越大半个城市的早晨不会再有了。为什么我如此怯懦，她离我如此之近。不，她要走了，我要追上去。即使是命运又怎样，我要说爱她。

他快步追上了女孩，穿过阳光射下的分界线，没有玻璃窗里沙哑的音乐，没有不可逾越的三排座椅，或许是急促的脚步惊动了她，她停下了。转身看着他。她没有笑，但表情真实得令人眩晕。

近了，一步、两步、三步、四步……世界被分解成互不关联的小片段。鞋带系得很整齐，阳光从雪地反射到她秀气的脸上，好美。她眼中有他的样子。天蓝色的围巾，嘴角上扬的样子很秀气。

他们靠得很近，她身上有阳光晒过好闻的毛呢味。他高女孩一头，她略仰头看着他，就像看着一个认识多年的人。

二月末，飘雪。她的脸颊冻得通红。上扬的嘴角很是好看。他笑得有些傻，幸福强烈的存在感让他有些不知所措。时间的概念早已不复存在。那良久的注视即将有一个美好的归宿。她就在他面前，恍如梦境。

是的，他们会相爱。像陌生人一样，像失散多年的亲人一样。不，不。梦境太脆弱，他没有赌注去爱，不能责怪谁，她只当他是陌生人罢了。

瞬间，闪过万年。前途的迷茫让他落荒而逃。他不敢回头，只是女孩脸上凝固的微笑无比清澈。就算经过再多年月，都和那个冬日的早晨一样清新，记忆足以让人缄默。

那一天好像什么都没有改变，只是他笑得更加没心没肺。他恨自己的宿命，恨自己的怯懦。他在墙上写下：

从别后，损回肠，最凄惶。

会解释的，他会说他爱她。他对他说。

会告诉她的，明天。

放学，他步行回家。雪淹没了清晨的驻足，会告诉她的，明天。在这之前只需要等待。

清晨。昨夜的雪已经全部融化。街道一如既往的空荡，他驻足等待着。等待日出划破云层，车灯点亮薄雾。等待她如期而至，一切都如往常一样，不同的是，今天他会坐在她身后，对她说早上好。

6：25，公交准时到达，毫无悬念。车窗因低温泛起迷蒙的水汽。天色一半明亮一半黑暗。车厢里放着缓慢沙哑的音乐，一切都走着缓慢的基调。她就在车上。

一步、两步、三步、四步。

"早上好。"……然而，她不在了。

乘客很少，有人在听收音机，有人在看报纸。

然而那个位置上，她不在了。

她不在了。

一个人的消失，原来不需要什么概念，什么时间，什么告别。

窗子透明，空气稀薄。他徒劳地寻找着不可能的奇迹。扶手上静静地系着那条天蓝色的围巾。在这一刻，他明白了女孩的沉默，她知晓了他的注视。只是他要说的，她再也无法听到。

那个没有雪的早晨，她在他的生命里永远地消失。

天气开始转暖，剩余的积雪也在阳光的照射下全部融化了。就像从来不曾存在。他想，或许她只是到了城市的另一端生活，小城那么小，从一端到另一端只需要半个小时。或许他们能在某个场景再次相遇。或许，她已经离开了这里，离开了清晨第一班公交车，离开了永远坐在她后面三排的男孩。他无从知晓她的名字，他还没来得及问她是否喜欢童话，喜欢海子，喜欢顾城，喜欢诗词。一切都无从知晓。平静的城市变成了爱的废墟，他只能紧紧地抓住遗留下来的唯一凭证，那条天蓝色的围巾成了思念的墓碑，他只能无奈地向宿命低头。

这是一个嘲弄，如同上帝赐予失明者阳光一样的妙不可言的嘲弄。

生活丝毫没有改变。学校白天人潮滚滚，傍晚无比安静。所有人都在为了那个既定的前程拼命，没有人能触到他心底的角落。没有人知道他曾如此接近幸福，近得可以闻到令人舒适的毛呢味。暖春。天空蔚蓝得让人不敢正视。那个冬天，那场雪，仿佛从来不曾存在过。

那天，他路过那间教室，字迹还在。像穿越了时空，他听到一个男孩告诉自己，明天，就告诉她我爱她。

过去了，那些美好随着雪一起融化了。成为了过往。他续写了上次没有写完的词：

且由心死，不问离觞，莫笑痴狂。

作者简介
FEIYANG

刘践实，1989 年出生于吉林农安。金牛座。对于生活总是很散漫，会为了一点小小的感动付出一切。最喜欢的作家是杰克·凯鲁亚克，崇尚《在路上》的生活状态，喜欢旅行。对于文字，是个一直在追求文学究竟是什么的笨蛋。喜欢口琴以及口琴干净透明的音色。并相信自己是追逐太阳的疯子。一路奔跑，至死方休。（获十一届新概念作文大赛一等奖）

第 2 章

光阴的故事

寒暑交替，该来的冥冥中早已注定；四季
更替，该走的也会井然有序地退场

塞纳河、草之森林和蝉鸣庭院

◎文 / 晏宇

一

如果说记忆是一座尘封的阁楼，里面积满褪色的长卷——那么，许多年后，当我忽然想起重回这里，推开那扇吱吱作响的木门，从故纸堆中翻出一页，掸去上面的尘埃——我会看见什么？

它们都已消逝。

也许我还可以勉强辨认出那个模糊的"三"字。可是，那一切我曾以为会长久地留存在记忆里，就如我原以为高三年代会牢牢地铭刻进那逝去的时光。然而，当六月多雨的季节过后，它们就全都变得像梦一样邈远了。

也许我偶尔还能回忆起那一个个书堆里的日日夜夜：闷热的课堂；响彻单调的风扇声铺天盖地的灰褐色油印试卷；参考书上早已麻木不仁的文字；不动声色的月考排位表之下，有人快乐有人痛苦着……这就是许多人的高三，这也是我的高三。然而它们都已经变成模糊的故事，模糊得仿佛成为了别人的日子。这当中，唯独有几幅画面是清晰的，它们仿佛穿越了时光罅隙，使我再一次清晰地回忆起那些时节，那贯穿了整个高三年代的记忆：我的塞纳河，草之森林，还有那五月的蝉鸣庭院……

二

　　"塞纳河"是一条小河涌，从校园中央蜿蜒经过，把教学楼和运动场分隔开来。河流在沿途早已遭到污染，河水黑中带黄，污浊不堪，炎热的日子便散发出阵阵异味。高二的暑假，当我们从总校搬到这座传闻中的高中分校时，这条河就以它独特的方式令所有人叹为观止。暴雨来临时，怒涨的河水裹挟着丛生的垃圾汹涌流淌，成千上万快餐盒遗骸顺流而下。从五楼课室望去，乌黑的河水，黄色腐烂的泡沫餐盒，浩浩荡荡横无际涯……那场面惊心动魄，时常莫名地引得临河的间间课室窗口众人围观。

　　后来学校花大力气在这地方进行整治。无奈污染根深蒂固，于是被迫舍重就轻：在河畔一排垂柳旁铺上浅红色石砖小路，对面是草坪，种着可爱的小榕树。路旁安放着雕花长凳。因为那些长凳，小路、草坪和树行顿时显出几分欧陆风味。于是我们把那条河称为"塞纳河般的臭水沟"，后来为了避讳，干脆简称"塞纳河"。

　　那个我有生以来经历的最严酷的八月，窗外烈日当空，天空浩荡乌云。阳光毫无阻隔地越过窗框照耀进沉闷课室，遥远得仿佛是上一个世纪的回忆。人人无动于衷。偶尔依稀地想起旅游、踏青、逛街这些阳光下的活动，都仿佛成为很久以前的事情；也还惦记着常去的那些街巷店铺，又愣了好一会儿才想起现在居然还是暑假！然而这概念也早就在脑海里模糊不清，那个八月早已模糊不清，暑假已不属于我们，我们是非常心甘情愿地想让自己在烈日下晒黑的，但我们却被迫集体在暗无天日的教室里趴着。

　　为了排遣压力，我时常在中午最炎热的时分，坐在河边一棵榕树底下的长凳上。尽管对自己标榜说去学习，实际却是去看杂书，或者干脆望着河水发呆，有时甚至无缘无故痛哭一场。炎热的日子河水总是干涸，露出河底黑黄绿掺杂的泥沙。在河边我看了许多自己也不知为什么要看的书，其中之一便是《美丽心灵》，书中的普林斯顿大学令当时坐在地狱望天堂的我着实望梅止渴了一番。那些绝世而又脆弱的天才们！感情上，许多人几乎半生都还像小孩子。我发狂地羡慕他们！不知是羡慕他们的才华，还是羡慕他们能留存人类生命早期蒙昧的纯真。

我和周围的人既不是纳什也不是米凯尔、冯·诺伊曼。我们再也不是小孩子了，然而我们也不是大人。我们是身份不明确的一群人，未来由不知哪个出题人手中的试卷决定。

那个秋天就在"塞纳河"畔悄悄溜走。我依然我行我素，按照老师的说法是"没进入状态的那类人"。河边长凳上总有我的身影，捧着参考书更多却是学习之外的一切杂书埋头钻研。作为政治考生我每个星期买《国际先驱导报》，注视的却总是跟政治不搭边的花边新闻。我甚至还写起了小说！许多人认为我疯了，简直慢性自杀，我也开始怀疑他们没准说对了。

"塞纳河"畔的"黄金年代"一直持续到十一月，直到我开始习惯了河水的淤泥味。但我渐渐地发现，午休课间这里有了越来越多的身影。我不知道大家都看上了这条河的什么，也许人人只是跟我一样，渴望从热得沉闷以及苦读得令人窒息的课堂逃离而已。然而，校园的天地是过于狭小了。我们逃来逃去都逃不出那条早已预定好的边界，不得不重新在这河边相遇，相顾，然后无言。

我却开始怀念当初一个人逍遥自在的时光了，这或许有点自私，可是长久以来，这条破烂不堪的河仿佛只属于我一个人。它能像头顶最耐心的天空一样，聆听我喃喃的默书声，以及无名的自语。它能够听懂却不发一言。直到这种平静被打破，河边变得喧闹，甚至不少人还于百忙之中在这里见缝插针地谈起了恋爱。塞纳河再也无法赋予我独处的思绪，我便离开了那里，在校园中寻找新天地。

三

草之森林是真正只属于我一人的世界。这里距"塞纳河"并不遥远。

河边草地走到尽头是一堵围墙，旁边有一个长满青草的斜坡。墙和斜坡恰好处在"塞纳河"上游架起的一座小公路桥下。每当有车辆经过，总听见头顶上石板轰隆轰隆跳动的声响。

不知是地方偏僻还是这座响彻叮当的桥往往给人以"摇摇欲坠"的假象，长达半年时间内，探访过这儿的人只有两个：一个是我，另一个是学校校工。当我像哥伦布发现新大陆一样来到这个地方没两天，她就突然从不知什么地方出现，警告我爬坡要留神，不要踩掉了她精心栽种的草皮。我不知道这阳光不能直达雨水又不能灌溉的地方为什么要种草，但仍然为眼前奇迹般出现的葱茏感到无比的欣喜。这小小的仿佛浑然天成的世界，长久以来似乎专门像是为我这样的家伙预备着。我于是卷起铺盖搬迁过来，并将它命名为"草之森林"。

那时我已经开始攻书，不为高考，只为取得高考资格的毕业考。这种说难不难说易不易的考试往往使人老实起来。时间的概念就是从那时开始渐渐模糊的，读到后来连今天几月几日星期几都不清楚了。但时光的轨迹还是从青草的生长中不着痕迹地显露出来。草地上原先还能看出东一块西一块，像瓷砖般分明的界限。到了后来，草皮之间的边界在不断的蓬勃萌发中逐渐消失，整个斜坡像是铺了一层浓厚的绿毯，紧接着冬天就到来了。

冬天有很长一段时间我都没有到室外看书，因为即使拼尽全力苦撑，手还是被寒风吹得硬如桥墩上的水泥，在南方那种特有的湿寒噬骨中，一边背书，上下牙关在一旁不停地打颤，复习时塞进脑子的一堆杂货全部被风吹到九霄云外，脑海中唯一留下的就是对寒冷的抵抗记忆。冬日的阳光投下来，单薄地落在草地与桥面阴影的边界上，也不能带来丝毫暖意。当我再次回到草之森林，已经是第二年春天。我顺利通过了高中毕业会考，于是摇身一变成为了高考准考生。

那个春天在记忆里印象全无，因为那时的我过于麻木。空气开始凝固，就连向来"不务正业"的我也闻到了硝烟的味道。然后就是书山题海，朝课夜车这种无数人的亲身经历，或者没吃过猪肉也见过猪跑的典型高三生活。坐在草坡上，我终于不再担心头顶的隆隆车声，就算这桥真的塌了（那时我肯定在下面）我也不在乎。我像一条缺水的鱼在空气中绝望地挣扎。那时我时常利用午休短暂的空隙，坐上五六个站公交车，来到本市最大的书城，在书架林立间漫无目的地闲逛。只有在那时，我仿佛才能回到某种童年般纯粹的快乐，才能记起原来我还活着的这个世界，才可以忘却那即将到来的一切，从仿佛封闭的时光之中探出头去，呼吸着另一个更加真实世界的新鲜空气。就这样，每次逛到一个多小时之后，再匆匆赶回学校那二氧化碳浓度明显超标的教室里，继续垂死挣扎。在两个世界奔波了近一个月之后，一模分数出来，我被直接请进了办公室。

为什么记忆中留存最深的总是那时候的情景呢？直到现在，我还清楚地记得，老师从电脑中调出我分数的情景，记得她当时对我说的话，记得我咬紧牙关尽量保持面无表情内心却狠狠地被撕开一道又一道。刚一走出办公室的门，眼泪便前仆后继地往外涌。我没有回教室，茫然地在走廊上跑了起来，渐渐地越跑越快。我跑着，却不知道要跑向什么地方，整个世界似乎真的无路可去了。

草之森林安慰了我，没有言语。我还记得来到那里哭累了之后躺倒在草坡上看见的情景。正午的阳光将河水的涟漪投映在桥墩上，飘荡如同一束耀眼的火种。青草就在头边生长着，躺在上面放眼望去，世界仿佛突然间天翻地覆：草丛在视野中与天边相接，成千上万毫发毕现的细草，一根根在土壤中直立着，布满整个世界，仿佛真正成为一座"微观"的森林。

那一刻我突然发现世界很美丽，很美丽，是我从未见过的美丽。我感到有泪水从眼角滑了下来，滑过脸颊，流进了身下的泥土里。不知为什么，在那之后，心居然奇异地平静了下来。直到离开的时候，那种莫名的平静一直萦绕在记忆里，直到最后一刻，仍旧陪伴我去面对那必然会降临的一切。

从此往后我到那里都是攻书，不假思索、不计后果、不顾一切地攻书。在初夏的闷热天气里，全身都被汗水浸透。我从那堆价值规律、英文单词和数学公式中抬头，听着头顶桥板被车辆轧过时隆隆的震动声，觉得自己简直就像一架机器。经常在短暂的发呆之后又埋下头去，因为我知道已经别无选择。

但偶尔看累了的时候，我也会带上一本书来到树下。记得一个晴朗起风的午后，我躺在榕树的阴影里，脸上盖着一本书，眼前晃动着数千年前萨福的诗行：

凉爽清流边，微风簌簌苹果枝头，绿叶片片微微颤抖，泻下睡意催人困倦……

闭上双眼，仿佛就能感到微微的风拂面而来，仲夏的阳光如同碎片般洒落一地……只有那一瞬间，时光仿佛倒流，然后又在眼前消失。当我在这一束如同从远古而来的阳光里合上疲惫双眼的时候，心中陡然触摸到了一种奇异的幸福。那一瞬间，幸福是那样地简单，那样地珍贵，又是那样稍纵即逝……

如果不是席卷一时的"非典"风潮，草之森林会一直陪伴我直到离校。但我不得不在四月降临的一个日子里，永远离开了它。

四

那年外面的世界似乎很不太平，国外针对恐怖与国内应对病毒的战争都在上演。然而，毕业班里仍然如同中世纪的修道院一般宁静而隔绝。传染病、恐慌甚至死亡都在一种更为巨大的压抑之下变得苍白。我们像一群世外之人，对口罩、抢购潮，以及同这场疾病有关的名词睁着天真无知的眼睛，懵懂不解。那些骇人听闻事件唯一被提起的场合，便是在政治课上成为题例和论据，被反复咀嚼直至索然寡味。但"非典"的阴影终于蔓延到了校园里。学校颁布禁令，禁止学生在学校和家以外的地方吃午饭（我至今还没弄明白快餐与"非典"之间的联系）。为了保证实施，中午十二点后一律关闭校门，禁止学生返校。但任性的我宁可得 SARS 也不让学校饭堂去折磨早已经衰弱不堪的食欲，于是利用禁令的漏洞，我成了午间出没于校外餐馆的流浪者。

凭着上天的眷顾，我没从饭菜里吃出传染病毒。而在那些无校可归的午后，我又寻觅到一块属于自己的"天堂"。

那是居民楼前的一小块空地。地面上铺着被六边形空心砖分割成无数小圆洞的草坪，片片黄叶安详地躺在灰色石砖和绿草的交界处。头顶上是几棵大树撑起的一片绿荫，风过时，就从树上飘下星星点点的小白花。

树下有几张石桌，旁边围着石凳，我就坐在其中的一张上面看书。午后的空气中透出一种异常的温暖，附近马路上的喧嚣声仿佛从很遥远的地方传来，也不能打破这儿的宁静。天空不时有白色小花粒无声地掉落下来：发丝间，书页里。偶尔一片巴掌大的黄叶宽容地拍打你的后脑勺。时常还有一位访客——一只行踪不定的白猫，总是神秘地到来又神秘地消失，有一次更把它的长尾搁在我坐着的石凳上。

每天中午我从学校饭堂流亡，抱一堆资料前来占领其中一张石桌，看得饥肠辘辘。等到午休开始，周围再没有路过的师生时才偷偷跑去吃饭，一边厚着脸皮纵容自己，一边内心像做贼一样惴惴不安。

进入五月，课室里的气氛也越来越接近窒息。也许我到这里来并不完全是为了逃避禁令和读书，而是为了寻求午后那份寂寥和宁静：时光刹那间静止了，当光与影在地面交缠，当阳光穿出密不透风的枝叶，落下仲夏季节的气息，当那些宽大的叶片在枝梢悠悠地垂荡……当太阳从云层背后半露出来，庭院霎时如同被另一个世界的光影所笼罩，甚至就这样轻而易举地让我目瞪口呆，忘记了书本，忘记了自我，甚至忘记了即将临到的考试——在那一瞬记忆的空白中，耳边一浪又一浪传来松风海啸般的蝉鸣声。

蝉鸣，终于提到蝉鸣。发现这个新地点后，我按照老习惯把它命名为"蝉鸣庭院"。错觉中，那鸣声仿佛终年不断，永无休止。声响有时悠远绵长，有时尖锐急促。在最辉煌时，整个庭院就仿佛一出此起彼伏的交响乐，如同阵阵潮水涌过那个夏天古老的天空。有时鸣声如同断掉般戛然而止，沉浸在书中的我猛然惊醒，觉得周围好像缺少了点些什么，直到那悠长的声响再度响起，这才恍然大悟。

那时已经是五月中旬了，看书看得久了大脑便不受抑制地胡思乱想。想到这些蝉少至三年，多至七载，这才迎来了生命中唯一的夏天，入秋后，它们就将在这世界上消失。即使明年再回，也是物是音非。那树、石桌、草地依旧，可嘶声力竭的歌唱家也早已换了一拨。

它们见证了我的高三也是高中的最后时光，同时也和那时光一样不再回返。

六月过后，一切都结束了。当所有的忍耐和期待都已过去，留恋才从追忆的水面缓缓浮起。我想起最后一次离开蝉鸣庭院时的情景，还记得那天全市毕业班正式停课，教室已经开始封闭作为考场。离开前，我回头，最后望了一眼：树和石凳仍沐浴在阳光中，宛如一幅古典的油画。第一次，这庭院当中不再只有我，还有两个同校低年级的小女生，坐在阳光下的石桌上，边摊开书边做作业，不时地传出轻声笑语，快乐得有些没心没肺。我望着她们，就像隔着无可逾越的时光，看着多年以前的自己。我仿佛看到这一幕画面的背后有一条漫长而幽深的隧道，她们的旅程还未开始，而我的已经到了尽头。她们并不知道某时某刻，曾经和她们一样悄悄热爱过这里的人，可能是最后一次地掉头而去。我快步地走着，再也没有回头。我知道自己不会再回来，就像我无法再像过去一样回到"塞纳河"畔和草之森林，就像我不能留住我的童年时代……

它们不过是平凡世界的平凡景观，因为特别的时光而在回忆中变得特别。直到蓦然回首，这才发现原来那段艰难岁月本身也如同生活一样平凡。人生本来就要经历些什么，无论愿不愿意。然后只有在回忆的黄昏里，往日遗落的一切才会突然经由青春的光芒点染，变得美丽而回味无穷。

我的塞纳河，草之森林和蝉鸣庭院……

作者简介
FEIYANG

晏宇，网名风间轨迹、minstreland。（获第十一届新概念作文大赛一等奖）

倒影　◎文/金远晴

　　这个坐落在十字街口的西餐店是我选择的，理由是这里从来不放那些庸俗无聊的流行歌曲，这里的灯光温柔却不昏暗，这里的抹茶味蛋糕回味无穷——最重要的是，这时同样符合我母亲昂贵的品位。

　　几乎每个周末晚餐我都会来这里，这被我那个整天忙得飞来飞去的母亲称作"亲情补给时间"。虽然我早已厌倦了在每个周末拿起刀叉装淑女这样乏味得如同数学定理一般的模式，但我从来不会表现出来，要知道，我一向是一个让人省心的孩子。

　　我喜欢这里的另外一个原因是这里可以看见窗外那个忙碌的十字街口。我总觉得，十字街口是跟人生一样玄妙无比的东西，拐弯或者直走，红灯停绿灯行，擦肩而过的人里面有多少是昨日被忘却的陌生人。绿灯亮起后，人行道上各式各样的人群交织、错过总是给人一种很深的安全感。

　　我是在绿灯再一次亮起的时候，注意到她的，她的静止把周遭的喧闹衬托得如此生动。她始终低着头，所以我无法判定她的年龄，或者，我们可以姑且把她叫作女人。红灯第三次亮起的时候，她依然坐在那里，并且似乎并没有要离开的迹象，天已经开始黑了，那两口大大的行李箱显得格外寂寞。

母亲开口了，我很不舍地把眼光收回来，落在她新买的灰色 Prada 套装上。

"下午才从广州坐飞机赶回来，我们的规矩我是不会忘的，对了，你这一周过得好吗？我太忙了，也没空打个电话。"

"哦,挺好的。"我习惯性地在听过了几次一模一样的开场白后答道。

"哦，对了，上次吴阿姨替你开了家长会回来说你的数学成绩好像不太好。你放心，我已经替你关照过了，你在这样一个新的环境里不适应也是正常的，别着急，多注意身体，反正早晚我都要送你出国的……"

新上的牛排打断了她，也让我有了片刻的安静，好继续认真观察那个女人。

这时，我才惊讶地发现原来她穿了一身的红色，不，不是那种你想象的红色，这种红让我想起我出生的那个小城，的确。如你猜测，我不是生来就属于这座城市的，我生命的前十六年都属于那个并不富裕的小城。而那十六年的前八年是吵嚷的，后八年则是安静的，在我长到八岁以前，家里每天都爆发着战争，我那个不甘平庸的母亲总是不停地抱怨我那当美术老师的父亲无能，只知道搞那些无聊的艺术。当父亲的沉默积累到了一定的程度，家里就会有东西遭殃。记忆里，被母亲砸翻的颜料盘里溅出的是红色，被父亲掀翻的那个花瓶里的塑料花也是红色的。终于，在我八岁的某一天，母亲再也无法忍受争吵，带着自己的梦想走了，走的那天，也是一身的红色。那以后，生活就彻底地安静下来，父亲每天只是静静地作画。他的手指细长，骨节分明漂亮，总是发出一股淡淡的颜料味和烟草味。其实父亲是个儒雅的男人，这让我一直疑惑，为什么这样一个男人在吵架的时候是那么面目可憎。

或许，父亲是无奈的。

而我,总是习惯地坐在窗台上,看远处红色的夕阳沉沉坠下。时间,仿佛静止了。

这样的静谧在十六岁那年被再一次打破，我犹记得那个下午，夕阳红得格外热烈，我推开门，看见里面那个有着精致妆容陌生但却熟悉的女人对我说："跟我走，我会给你很好的生活。"我终于想起了那个在我记忆里消失了八年的母亲。当我接触到父亲沉默的眼睛，我顺从地来到了这个城市。

我一向是一个听话的孩子。

"他又来电话了，问你这个寒假回不回去，其实我是觉得没有必要，那里一过年满鼻子呛人的爆竹气，又吵得要死……"母亲喝了一口水，我知道她话语里的"他"指的是独自留在小城的父亲，她不知道，我总是在夜晚梦见父亲作画时温柔、安详的面容。

我忍不住又去看那个女人，我突然觉得她在哭泣，我看了很久，几乎是呆了，虽然我没法看清她的肩膀是否在抖动，但我现在几乎是可以肯定了，对，她是在哭泣。我突然觉得心里动了一下，我已经很久没有这种感觉了。在数学老师嘴巴不停上下闭合的唾沫横飞里，我的心，快麻木了。

"哼，要我说，像他那种男人有什么资格打电话来，他从来没办法给我们优越的生活……"我突然觉得胃很痛。我觉得当我变成了他们两个人之间唯一的纽带时，这个被我称作母亲的人，生活就仅仅被工作和抱怨那个曾经跟她一起生活过的男人所占据了。

"什么梦想？！那些没有人看得懂的画能换几个钱？！要不是我自己的努力，你的前途总得被他毁了……"我把视线从她那 Prada 上极不协调的褶皱上移开，目光又游离到了窗外。

那个女人果然还在，虽然有很多疑问，但我决不会去猜测她的过去、现在和将来。是的，我从来不去猜测别人，我始终认为，每个人都是一个独自的个体，没有谁有权利去打扰别人的世界。所以，我一直过得很坦白也很坦然，因为我从不好奇别人，同样地，也不允许别人揣摩我。所以，我很奇怪，为什么，我今天竟然这样长久地注视一个陌生的女人。

"我实在是庆幸我当初的选择，如果我还留在他的身边，我实在无法想象……"

我突然发现那个女人的肩膀剧烈地耸动起来，甚至，我不知道有没有看错，她还晃了一下她的那头长发。哦，天哪！她站起来了！像是有一种神奇的力量，我也突然从座位上"腾"地站了起来，等我发现母亲错愕地看着我，停止了说话后，我才意识到我做了什么。我看了看窗外，发现她又坐下了，我这才放心地又坐了下来。

哦，我怎么了？竟为了这样一个陌生的、哭泣的女人神不守舍？

"你不要觉得我不关心你，我是实在太忙了，可我不忙的话，哪去赚钱给你花呢……"

是的，不能否认，她的确给了我很多钱，多到花不完的程度，我把那些钱都换成了那些包装简单但精美的 CD，上面有着不被人熟知的名字。我拒绝那些滥俗的流行和 MP3 的便捷，我觉得，只有 CD 机的那轻微的、细小的转动声才能给人最真实、最厚重的安全感。我听着那些不能引起共鸣的音乐，在这个我无法承认的城市里寻找慰藉，去填补那自负而造成的空洞，我隐藏得很好，我不露声色，所以，在别人看来，我只是微微地有些胆怯而已。

我说过了，我从来是一个安安心心长大的孩子。

秋夜其实有点凉，我心中反复想着那个女人，我看着她，夜幕衬得她更孤独，她要坐到什么时候？

"我给的钱够用了吗？不够的话再多给一些，你自己一个人不要太委屈自己了……"

够多了，够多了，真的够多了！我的心里默念着，几乎要尖叫出来。我看着那个女人，她让我想起了许哲佩歌里那个不停哭泣的《疯子》。她开始拖动那两只笨重的箱子，是太重了吗，她走得那么慢，肩膀还在不停耸动。模糊了，看不清了，模糊了……

"你怎么哭了？怎么了？"母亲突然惊呼。

我转回视线，看着她精致的妆容里透出的慌恐，那些细小的皱纹一点一点破土而出。

我，哭了吗？

作者简介
FEIYANG

金远晴，所谓的90后，坚信自己前世是一条鱼，而盼望来世可以做一株朴实的绿色植物，坚持认为"偏执"是一个褒义词，目前正为考上某名牌大学积极而努力地奋斗着。(获第十一届新概念作文大赛一等奖。)

禁区地带  ◎文/徐衍

　　水状的波澜涟漪下深藏着一座死火山，过往的种种被死死尘封深埋。直到有一天突然某一刻，火山死灰复燃，气势如虹地喷涌上升汹涌的岩浆，接着在深海中冷却，凝固成为诡异奇绝的固体，如时间般永恒驻留，等待下一次火山的复活喷发，继而是新一轮的覆盖，层层叠叠，日积月累，波澜不惊的海面下，铸就了庞杂盛大的浮雕塑像，我们称之为时间的浮游或者记忆的尘屑……

　　一遍一遍洗刷、梳理、回顾、凝视、聚焦、遥想、追忆、重温，这一切和一个温润昏黄的词有染——"过去"。跨越山山水水四季变迁，那种看见一座山就非得想要攀爬过去一探究竟的年岁终究还是不复返了。

　　偏执的底色一直存在，适时出没，造就一些创伤疼痛。

　　什么是憾？下定决心跋涉去看春天，走过大段的路，最终才发现眼前已是深秋，寒冬腊月在不远处一呼一吸，吐纳着清冷的寒气。

　　对于年华的流逝，连篇累牍的叙述也只是惘然，敏感略带神经质的笔触，抵达了这层不为人知的隔板，身陷其中越描越黑，直至念旧情结深入骨髓病入膏肓。思念是一种病，清瘦寡欢的歌词被张震岳唱得何其热烈张狂……

念旧的人，过于自省，于是过分清醒。

"难得糊涂"的箴言是他们可望不可即的梅林，流逝的点滴被铭记，卷起铺天黄沙，在浩瀚的沙漠里踽踽独行，海市蜃楼和葱郁绿洲，谁比谁更残忍？

王家卫在多部电影里阐释记忆的得失，《重庆森林》是带着私欲偷窥般的快乐；《东邪西毒》则悔恨交加的隐忍对峙，和《阿飞正传》里的张国荣同气连枝——你不看我，我也绝不看你，你不给我机会，我也绝对不会给你机会。粲然的音容笑貌下，嫉妒、偏执、悔恨的毒瘤蠢蠢欲动，包藏祸心的每个角色，在光影中肆意挥洒着湿淋淋的快意，打湿了戏子自己，也打湿了看戏的人……

越深入越接近本真：生活的、生命的、情爱的……参透一切后是空空的怅然若失，回望来时路，没有任何遮蔽的蒙昧了，赤裸裸的真相内核昭然若揭呼之欲出。于是清醒的人纵身一跃，在一个玩笑漫天的愚人节，给世人开了一个天大的玩笑。

而那个开天大玩笑的灵魂，业已安然地栖居在天堂一角，云卷云舒，陌上繁花，嫣然一笑。

黑色如泼墨般浓郁地吸附大地、苍穹，脚下，头颅上方，塞得满满当当。夜上海，周璇用几乎病态的圆润唱腔粉饰着歌舞升平的盛世繁华，动荡的蛭一点一点蚕食穷途末路里的那丁点热闹，所过之处，皆是凝重粘稠的黑。挽歌一般的大楼钟声，亦敲不开打不碎，就这么黑下去，鱼肚白迟迟未见。

黄药师给欧阳锋带来一坛"醉生梦死"，喝过之后什么都忘了。酿酒的人打心眼里是憎恨记忆这玩意的。遗弃淡忘的过程，在他眼里有着堪比醉生梦死一般的欲仙欲死的快感。

相忘江湖，快意恩仇，血性的武侠世界里同样漾洄着千丝万缕的暧昧不惑。饮食男女，人之常情，在这里变得不可挣脱，刀再快，也斩不断遗憾，反复念叨神往，一遍遍在记忆里重设"假设"，最后在过去的记忆中凌迟自己致死。回不去了就是回不去了，欧阳锋的一把大火烧掉了贩卖杀手的旅店，漫卷黄沙终会掩埋平复一切，沙漠还是那块沙漠，风平浪静。寥落的天幕，榆树丛生着痛苦的诗意，一如三毛的撒哈拉，和撒哈拉中那些零星的绿意。

回白驼山的路，他还认得吗？

周而复始，四季一轮回。春天不紧不慢地降临。阿一说，丁香开了、樱花开了、油桐花开了、蔷薇花开了、桃花梨花更是开得繁盛闹腾。

空气多了一层毛茸茸的暖意，抵触着皮肤褶皱。春天的这份暖，不张扬，也不示弱，像久久喷发的温泉退去后积淀下的那层铁锈色的土壤，像隔夜的茶水凝聚集结的绛红茶垢，都夹带着水滴石穿细水长流的耐性。

春天就是这样一个缓慢的、容易让人无可自拔的季节。一如记忆，凛冽的回忆带来的痛苦绝望或者喜悦愉快都是虚空的，然正因着这份虚无缥缈，人容易自个儿把自己撂倒了。已逝的乐与忧都被放大扩展得毫发毕现，顾影自怜，水中月镜中花，独孤求败活在孤独的世界，厮杀自己。

林青霞一遍一遍地重申自己的身份，时而"慕容嫣"时而"慕容燕"，身份的错置重叠，记忆的断裂拼接。水中的那个倒影成了她挥之不去的对手，永远固守在时空镜像下，与她对峙。娇容憔悴，时空叠加，她还是她，面对水中的她，称霸天下。

活得自我，活得霸道，天光乍现，玄关的一抹风掠过青丝，独孤求败也败在了自己无可复制的年华上，汩汩流水，奔涌朝前，携裹年华，义无反顾。

有人问，人的一生有多长时间在用于等待，在人潮汹涌的站台，在日光汹涌的大街，在夜凉如水的冷夜？等待的目标迟迟不出现，大风已经吹响呜咽的号角。一篮鸭蛋、一头毛驴，孤女在大漠中磨损着日复一日的青春。

当沧海桑田倒置其位，等待得眼枯见骨，等待着无泪可流，等待已经溶泡进生命的骨髓，填满骨骼间的衔接缝隙，成为习惯成为信仰。等待的动机退居其次，只剩下一个孤独的姿势，搔首踟蹰，惶惶不可终日。

生命在等待中孤独封闭，在等待中独赏风月，形同虚设。

烈日下的榆树大漠被天光拓印出明明暗暗的影子，浮云游走，留下驻足的依旧是固执不退缩的等待！

寒暑交替，该来的冥冥中早已注定；四季更替，该走的也会井然有序地退场。在你的戏台上匆匆入戏，在你的戏台上徐徐谢幕，不急不缓，一阵风一片云，过去了也就再找不回来了。再庞大热闹的戏也会时过境迁，渐行渐远，最后留下的唯有自己。好像干瘪的稻穗残存的只有曾经饱满的印记，却早已脱离那个雨水丰沛的季节。雷鸣闪电，裂帛般，最好的年华香消玉殒，戏台轰然倾塌……

次年桃花再盛开，那个叫桃花的女人再也不能赤足，裸露水状的白皙，吟风弄月，追思山那头剑挑马贼的丈夫。逝去的过去了，带着森然的历史感，泛出寒光，遮天蔽日，日月黯然。

马头琴、洞箫、二胡，悲恸地齐声呜咽。

月下的大漠，颗粒黄沙生了踌躇，岿然不动。

流萤、摆渡、古木、断桥……循环往复的记忆终于停歇。

穿孔古旧的旌旗摇曳得森然，放了一把大火，浴火重生。

天圆地方、日月光华，新的一天开始。

遗忘年月的火山，在年复年的沉寂中，走向灭亡。厚重的浮雕缠绕浮游尘埃，久而久之形成美丽珊瑚。

卡尔维诺说，生命还在继续，死亡无可避免。

总有那么一个禁区，是我们不忍再触碰再开阖，就像总有一些人我们不愿意再见，总有一些人我们在心底一遍一遍地念念叨叨。

热带的日光洒向郁郁葱葱的玉米地，看守田地的少年，渐趋苍老，身后大片的庄稼，吸纳饱满的阳光，发出类似焚烧的动静，收割后的天地，真像是被放了把大火焚烧了一般，狼藉一片，徒留灰烬……

作者简介
FEIYANG

徐衍，产于巨蟹座的最后一天，生存于 80 后和 90 后夹缝之间，注重精神生活，没有音乐电影文字将无法存活。对于现实有着忽冷忽热的兴趣和反应，努力尝试多种文字风格的创作。喜欢陈染私语似的写作，也喜欢苏童专属的文字氛围，对杜拉斯敬而远之，对昆德拉拜倒辕门。(获第十一届新概念作文大赛一等奖)

糖  ◎文/周晓燕

　　八年前有一座小厂子倒闭了，对城市而言只是少了一根烟囱，对我家而言却如烟囱砸到房顶——我的爸妈都下岗了。可饭要吃，衣要穿，我还得上学。为了支起这个家，我爸彻日彻夜地查看报上的小广告，终于找到了一个类似推销员的工作，虽然没有固定工资只有提成，但他因失眠而布满血丝的眼睛重新显现一分对生活的希望。

　　我清楚地记得，爸爸第一天去上班时穿了那套妈妈替他熨了好几遍的，只有在极其正规的场合才穿的西服，他试图找回自信。妈妈给他整理衣袖时他将脸朝向窗口，阳光勾勒出他坚毅的面部轮廓，他留下一句"相信我"就大步跨出家门。一个月后他带回来十张"主席头像"，一件棕色女式羽绒衣和一个能把铅笔削得很细的卷笔机。我感到我家的生活又回到了原来的状态——每天放学回家妈妈都做好了可口的饭菜等爸爸回来一起吃，偶尔添置新衣和漂亮的文具——但我显然没理解货币的等价交换。

　　直到那个寒冷的冬天，妈妈为了不让我在家里挨冻便把我带到了一个有暖空调的地方，我才明白原来她也在打工。那地方是校规上三令五申禁止进入的"营业性娱乐场所"，通俗说法就是夜总会。妈妈牵着我的手走进

了闪着金红相间灯光的大门，夜总会的门面本来就像一个过度打扮的女人。对此，我没有非常惊讶，因为我知道大人们所说的"小姐"是年龄小的姐姐，我妈妈是这里的财务人员，她自己告诉我的，我当然相信她。她还说这地方对我们不收费因此就不算营业性质，别担心什么校规。

我跟着她走进大厅，空调暖风吹得我双颊发烫，光怪陆离的彩灯冲击着我的视网膜，唱烂了的流行歌曲被不断重复。三五个黑眼圈浓重（后来我才知道那叫烟熏妆）的年轻女人拥了上来，对我妈喊："阮阿姨，侬来了啊，呦，你因因啊，真有趣。"紧接着便询问财务情况，并向她诉说哪位客人多么无礼貌。其中一个绿衣姐姐用她涂了各色指甲油的手指抓了一把各色糖果给我，她们似乎都没有名字，包厢里有男人喊"16号"，那绿衣姐姐就远远地挤出一个笑："来啦！"随后包厢里就发出古怪的声音。

我抓着那把糖果对妈妈说去外面透透气，她微笑得长出鱼尾纹的脸已经变得严肃，说我正要理账了，你出去玩会儿再回来。还没等我转身跑出去她就已转身走向账台，留下一个臃肿的棕色背影，这里暖气十足她却还裹着那件傻不拉叽的羽绒衣。

这样想着便已跑出了大门，寒风顿时刺进衣服里，脸也冻得麻木。路上一束灯光打来，越来越近了，一辆黑色的轿车，停在夜总会门口。我躲在大门后面，想看看什么样的老爷会来这地方。可是从车上下来的，是我爸和另一个男人！我的第一反应是告诉我妈，我心想难怪他每天都那么晚回家，难怪他每月只有那么点钱，我委屈得连糖果掉落了一半都没发觉。那五颜六色的灯光也不再变换了，似乎只剩下车灯那样刺眼的白光。

但我妈很镇定，她认为他一定是随客户来的，另外他其实知道她在这里理账，所以一定是客户选的地方。根据这家夜总会在市里的规模，可以推算那一定是笔大生意，如果做成了置办年货就不是问题了。

灯光有些暗淡了，我拉着妈妈暖暖的衣角，我们就这么看着爸爸和那个男人走进大厅，走过吧台时他们都停住了，爸爸凝视了我们一眼，想要解释什么，又想询问什么。而他又把目光投向了客户。那个男人左手手肘搭在账台边上，食指和中指夹着一支造型古怪的烟，眯着眼睛看挂在账台后面墙上的时钟，或许仅仅持续了一秒。然后他在吧台明亮的玻璃上留下一个由体温和汗液凝成的手印，拉着我爸走向近处的沙发，一屁股陷了进去。他矮矮胖胖的，圆圆的下巴像个脚后跟，上面是像果冻一样颤抖的肥脸蛋。果冻脸风度尊严，动作从容，和我爸谈论着什么，眼神却始终往吧台这边瞄。我爸干咳了几声，果冻脸拨动金灿灿的手表说校对时间。我妈早就停下了与数字的交道，眼神直逼我爸。

没多久果冻脸不折腾手表了，他对大堂经理嘟哝了几句，就来了两个小姐。她们把像柴一样的手臂搭在他们身上，媚笑着扭一扭身体，让自己低胸的衣服更加袒露、更加性感。我顿时觉得暖气坏掉了。

天！果冻脸是要做坏事，却还扯上我爸！看到这一幕，她叫我站在原地别动，自己径直走进了洗手间，妈呀，再出来时已是年轻了十岁：皮肤白皙，唇色自然，眉角微微上扬，浓重的眼线增添了双眸的妩媚，可眼神却充满决绝。黑色的紧身毛衣显现她的身材，虽然不是非常标准的S型，但绝不是一般中年妇女的B型。她走向我爸，高跟鞋踩出"噔噔"的节拍，她走路的姿态像是一个面临谈判的外交官在走猫步。她就这样走了过去，一小姐惊异地唤了声："阮姐？"不见反应就自觉走开了。我爸微微皱了眉头，眼神充满了疑惑。

近了，近了！可果冻脸突然伸出猪蹄一把揽住了她，伴随一声惊叫她一躲就倒在了我爸的身上，然后顺势勾住他的脖子。我爸拍着果冻脸的肩膀说："哥们，这女人今天就归我吧，她看上去可不嫩了！你不一定喜欢。"果冻脸捶着桌子，大概是说已看上她很久了，以为这女人不卖的，没想到竟然也是小姐，但这反而增加了对她的兴趣。果冻脸是个有风度的人，他继续温和地与我爸商量。

我把一颗糖含到嘴里，以免打颤的牙齿咬到舌头。说来也怪，小孩在紧急关头似乎都很理智，我没嚷没喊，只是乖乖地站在原地，事实上我根本没法移动我的脚，我就这么表情严肃地看着他们，一个字也没听进去。

随后他们分别走进两个包厢，果冻脸深情地回望了一眼站在两个包厢之间的我妈，另一个男人则是边走边用左手按右手的指关节，用右手按左手的指关节，步态却没有迟疑，就像他第一天去上班那样，只是这回改成了"相信你"。她走进了哪个包厢还用说吗，总之年轻小姐是走进了果冻脸的包厢。一边的门被轻轻带上，另一边的门则是重重摔上。随着那记摔门声，空调喷出了更猛烈的暖气……

再之后的事，我就不清楚了。大概，是在做春天对樱桃树做的事情吧。当然这样诗意的比喻是来形容我爸妈的。

作者简介
FEIYANG

周晓燕，女，浙江绍兴人。（获第十一届新概念作文大赛一等奖）

绞杀了谁的藤　◎文 / 杨雨辰

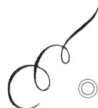

　　到现在为止，我依然偏执地觉着一切都是由我那两记响亮的耳光造成的，包括轮子的入院，以及我的离开。这些既成事实，我无力挽回，它们狠狠地剜了我的心，如果每一道伤痕都代表一枚勋章的话，那么我可以骄傲地拍拍胸口对所有人说："这里，都是光荣。"所以当轮子拉住我的手对我说"让我们重新开始"的时候，我只是任由他紧紧地抱着，却说不出一句话。很累。

　　我从小在北方的城市长大，那里终年空气干燥，春天有更北边刮来的沙尘暴，整个街区甚至大半个城被漫天的灰尘笼罩，劲风夹杂着的沙砾砸得人脸生疼。夏天是毫不留余地的酷热，所有的所有都在强光下被暴露得一览无余，我喜欢这种季节，就像喜欢所有鲜艳明丽的温暖色彩，我喜欢仿佛能看穿一切的感觉。秋天里我们那边的女孩是不穿短裙的，她们穿牛仔裤，长的外套或薄毛衣。冬天有几场下得很厚的雪，足够堆一个一人高的雪人，或是打几场雪仗，这是在南方城市里看不到的。

　　有那么一次，在上海的街头，轮子拉着我的手。那个时候天上突然零零散散地下起了霜，在北方，我们只能称之为霜。可轮子很激动地摇着我的胳膊，他说："边静，你看！是雪啊！下雪了！"后来我告诉他，一粒粒的是霜，雪是一小片一小片的，像书上写的那样，叫雪花，它们有六个边，很漂亮。

然而南方的台风我是没有见到过的。在九月份的下旬，有一天中午的时候，天就黑掉了。那是我从未曾经历过的一场暴雨，持续了很久，直到我下课往寝室走，还在下。通向寝室的有一段路被淹没，我卷起裤腿，积水没过了我的脚踝。轮子发消息给我，他告诉我如果第二天还是这样的话，就不要去上课了。后来我接到学校的通知，因为台风过境，所以放假一天。

可惜，我们不能见面呢。轮子说。我们都有些遗憾。

轮子是我的男朋友，地道的上海人，喜欢穿牛仔裤，有时还会在手腕或者耳朵根后面喷少量的香水。我喜欢教他说北方人翘起舌头的儿化音，一遍遍纠正他的沪腔，直到一段时间后他可以流利地问我"边静儿，咱今儿到哪儿吃晚饭啊"。可我却尽量避免受到他吴侬软语的影响，那总是让我感觉到很奇怪，如果说话不带"儿"。

轮子的学校在浦东的最东面，我的学校却在徐汇区，从我这里到他那里，我需要坐地铁从1号线徐家汇到人民广场，换乘2号线到陆家嘴，再换乘公交车，颠簸四十分钟左右。总的来说，如果不出意外的话，在两个小时之内，我可以到达他的寝室楼下。因为两个人的距离问题，我们通常是找到折中的地方集合，然后进行每周六的约会，这个地方就是人民广场的地铁站。

轮子总是迟到，我常常是坐在椅子上，把头埋下去玩手机游戏，边玩边等他。但我足以用余光瞟到轮子突然间闯入我视界中的一只鞋子，或者一截手臂，这个时候他会轻声地咳嗽，想要我抬头看到他，可我每次都假装没注意，直到他伸出手揉揉我的头发。我很喜欢他对我做的那些小动作，比如揉揉我的头发，拍拍我的脑袋，捏捏我的鼻子和脸颊。

之后就是漫无目的地闲逛，到福州路淘书，到南京路散步，到外滩坐几遍轮渡，或者哪里都不去，我们坐在地铁里，分吃我带去的几包零食。简单并且快乐无比，至少我是这么觉得。我认为我是幸福的，我很满足。

如果一切都可以保持有最初始时的状态，我想我还是可以在闲暇时幻想一场婚礼，新郎新娘交换戒指，然后互相承诺"我愿意"。我也可以把嘴角弯成幸福的弧度，笑得心无芥蒂。

四月里的一天，我很清楚地记得那天不是愚人节。我和轮子在徐家汇地铁站里的肯德基吃饭。我们点了我爱吃的老北京鸡肉卷，还有他爱吃的上校鸡块，以及一些薯条和芬达汽水，没有加冰，吃饭前他说要洗个手，顺便就把手机放在桌上，那天他穿的是没兜的外套。

我刚刚打开鸡肉卷的包装，轮子的手机就响了起来。我本来是不想理会的，可铃声不屈不挠地响着，我于是擦了下手，按下了接听键。

"喂，轮子，明天记得接我哦！"甜到发腻的女声，我的第一反应就是很确定她不是一个北方人，因为她说话都没有儿化音。第二反应就是挂断电话，把那个号码记录在了我的手机上，删除了通话记录。之后我继续打开包装，吃我的鸡肉卷，葱很辣。

铃声再次响起的时候，轮子已经重新坐好在他的位子上，他拿起手机看了一眼，又合上了手机盖。轮子耸了耸肩膀，朝我无奈地笑一笑："学校老师，很烦的。"我注意到他说话的时候，眼睛眨得很快。心理学的书上有这么一个解释，就是说人在撒谎的时候喜欢眨眼睛，我不知道是不是这样。

"哦。"我说。一小块甜面酱滴在我的裤子上，轮子手忙脚乱地帮我拿纸巾，却不小心碰翻了汽水，"哗"的一声，桌子上覆盖了冒着气泡的橙色液体，所有人抬头看向这边，服务生拿来抹布和拖把，轮子站在椅子旁，表情尴尬。

晚上的时候，轮子送我到学校寝室楼下，我抱了抱他，心口却呼呼地冒凉风，风很冷，夹着厚重的濡湿气息，汹涌而至。我裹紧了衣服，可还是不停地发抖。

我回到寝室，一头栽倒在床上，把脸埋在枕头里，脑袋里像是煮沸了一锅粥，"咕嘟咕嘟"冒着泡泡，灼伤得我焦躁不已，我试图调整呼吸，结果却被口水呛到了，气儿一下没喘匀，趴在枕头上狂咳不止。

黎蓝从上铺的被窝里面探出头："边静你怎么啦？"

我摆摆手，说："没什么，气儿没顺好，呛着了。"然后我站起来，拿了杯子倒了些热水进去，喝了两口。

黎蓝问我："你是不是和轮子吵架了？进门的时候就看你面色苍白的。"

我说："哪有的事儿，我和我们家轮子从来不吵架。"

黎蓝转身把被子掖好，闷声抛出来一句话："所以我觉得你们有点不正常，怪怪的，哪有俩人在一起不吵架的道理呢？"

我们不正常。

之后我的耳膜里突然开始一直回响一句话："喂，轮子，明天记得去接我哦！"

整个晚上我都在做梦，可是第二天早上我忘记了我做过的梦，只是觉得起床的时候头昏脑胀，四肢瘫软，似乎就像是在高中时代的体育课上，被勒令做了类似蛙跳之类的剧烈运动，肌肉拉伤，第二天都会感到乏力，顺带着有些小小的绝望情绪。我的嗓子干得要冒火，嘴巴里是苦的，我喝了点水，艰难地咽了下去。

打开手机，收到轮子前一天晚上发给我祝我晚安的消息。我晚上有关机的习惯，据说把开着的手机放在枕边比较容易生脑癌，所以我坚持每晚睡前关机。这是个好习惯。轮子经常这样对我说。可他自己却总是一天二十四小时保持开机状态。我告诉他手机辐射会让他的脑袋长瘤子，但轮子只是笑了笑，说："把脑壳打开让脑子呼吸下新鲜空气也不是坏事。"于是我脑海里面就浮现了轮子躺在手术室里面，天灵盖半开的恐怖模样。

是早上九点了。我决定给轮子打电话，想问问他这一天都有什么打算，是不是可以让我借鉴一下。因为我发现自己总处于无所事事的状态中。这个时候轮子总是能给出我最中肯的建议，告诉我该做什么。他告诉我在45度阳光照射到窗棱的角度里看一本黄皮的《追忆似水年华》是最有情调的，告诉我下午三点三刻时照镜子的侧脸是最瘦削的，告诉我晚上八点之前吃半截黄瓜对皮肤最有利……不知道轮子这些话是不是都有科学依据还是他自己瞎掰的，但我还是每次都很相信。

"对不起，您拨打的用户正在通话中，请稍后再拨……"

"喂，轮子，记得去接我哦！"脑海又开始不停地回旋着这句话。是我太敏感了吗？可我无法控制地打过去前一天记下的那个陌生号码。

"对不起，您拨打的用户正在通话中，请稍后再拨……"

两部手机。同一句话。

我于是发现，星期日早上九点阳光斜射到眼睑是刚好使人鼻尖发酸眼泪泛滥的角度。我用手背猛力擦过眼睛，视界终于又重新清晰起来。

一个小时里，我不停地打电话，而听筒里始终传来那个没有温度和语调抑扬顿挫的女声，这让我感到非常绝望。

两部手机，依然是同一句话。

之后的中饭前轮子打来电话，问我吃饭了没有。我说还没。他听到我的鼻音，问我是不是感冒了。我说大概吧。轮子说你应该睡觉前把被子盖盖好嘛，到外面的时候应该多穿些衣服啊不要光图漂亮把身体也搞坏了……

"上午在给谁打电话，我打过去几个都是占线。"我终于打断了他。

"唔……"轮子沉吟了一下，"学校的老师啊，在找我商量些学生会活动的事情嘛，我也觉得特烦，过了这段时间就好了啊……"

"哦，"语速正常，我们两个人都没有什么表现得不妥的地方，可我知道这个时候的两个人都心怀芥蒂，"那……你今天下午准备去做什么？"

"在家待着咯，上上网，看看电影，吃完晚饭后就坐地铁回学校了。"

"这样啊。"

"是啊，这个星期过得可真快呢。"

"嗯。"

我中饭没有吃，下午自己沿着华山路逛了几个来回，被推销化妆品的几个男男女女拦住好几次，我塞着耳机，表情漠然，装作没有听到他们的讲话，直到他们悻悻地走开。麦当劳外卖甜品店里我买了一只甜筒，举着它却不想吃，一直到奶油融掉，一滴一滴粘在我的手上，我想把它叫做浓郁到化不开的忧愁。耳朵里排山倒海的嘶吼喧嚣，我穿越人群，感到满目都是这个城市拙劣的创伤。

"喂，轮子，明天记得接我哦！"

"所以我觉得你们有点不正常，怪怪的，哪有俩人在一起不吵架的道理呢？"

"学校的老师啊，在找我商量些学生会活动的事情嘛，我也觉得特烦，过了这段时间就好了啊……"

"在家待着咯，上上网，看看电影，吃完晚饭后就坐地铁回学校了。"

究竟，你们谁说的，才是真的？

晚上的时候，我按原路返回学校，马路上的行人面无表情，夹着公文包，挎着小手提袋，蹬着锃亮的皮鞋，踩着精致的小高跟，他们有条不紊地横穿马路，每个人都有自己的目的地，不曾在途中有半刻的停留，我总会把蚂蚁和他们联系到一起，每日匆忙地搬动一些米粒石子，垒在洞口。

然后路灯亮起来，忘记是谁说过，绚烂的霓虹是彩色的泥淖，声色犬马，纸醉金迷，我们挣扎却无力，永远无法逃脱。多么像是注定避不开的劫数，多么像。我于是想起了轮子，和我们的开始一样，也是无力逃避开来的，但我不确定他是不是我的劫数。此时，我在华山路，那么，此时的轮子，在哪条路上，和谁？

回寝室路过便利店，我买了一只茶叶蛋，八毛。我是怀念茶叶蛋的味道的，轮子曾经拿给我他妈妈做的茶叶蛋。我说过很好吃，因为跟我妈妈做出来的茶叶蛋是一种味道。但便利店的茶叶蛋却太过甜腻，不真实的甜腻，让人容易忘却鸡蛋本身的味道。

第二个周六，我试图心无芥蒂地与轮子进行每周的约会，但是我看到他就觉得浑身不自在。轮子问我怎么了。我说没什么。他说没什么你眼神怪怪的。我说是你多想了呗。于是我们不再说话，沿着南京路一直走，一直走。

走到沈大成的时候，轮子的手机响起来，他没有接，我问他是谁打来的电话。轮子说你不认识啊，很烦的一个人。我问男的女的。轮子低了一下头，抬起眼皮说："男的。"我怕我会突然控制不住甩他耳光，所以一个劲儿地掐自己的手背。

我说："轮子，我有个朋友最近遇到麻烦。"轮子说："谁啊？怎么啦？"我说："我一个朋友，她和她男朋友关系一直挺好的，但是有一次我出去吃饭的时候，看到她男朋友和另外一个女生在一起。"轮子说："这没什么啊，和异性朋友正常交往也没什么不可以的啊？我说可是我看到她男朋友亲了那个女生，我现在不知道该不该告诉她。"轮子拉住我的手说："这种事情最好还是不要掺和了，两个人在一起要坦诚，让他们自己去解决。"我说："对啊，两个人在一起要坦诚的，轮子，你不会骗我吧？"轮子捏捏我的鼻子，回答："当然不会了。"

"那么，轮子，你爱我吗？"

"爱啊。"

"以后会娶我吗？"

"会啊。"

"真的吗？"

"嗯。"

轮子把我揽到怀里，我突然说不出话来。我的心里一阵痉挛，像是被绞杀藤紧紧缠绕的树干，盘根错节地扭曲着，整个世界都变成不真实的几何形状。很多时候我难辨真假，似乎所有的黑所有的白都不再是单纯的黑白，它们都被调和成深浅不一的绝望的灰，就像不是所有的问题都有一个可以与之相匹配的答案。我被自己、被所有人弄得头晕目眩，却又无可奈何。所以，我只好装傻，假装我什么都不知道。这样，一切才是和谐的。

可是我没想到有这么一天，我连装傻都不能再进行下去了。我不得不对这个残忍的世界和残酷的现实耿耿于怀，于是我就想起了《伊索寓言》里的那只青蛙，它把自己的肚皮吹得很大很大，最后终于破掉。我觉得我就是那只青蛙，我被现实的空气填满挤压，当我的尸体四分五裂的时候，谁来把我拼在一起呢？

那时是 16:42 分。我打理好一切，躺在床上浅眠。手机振起来的时候我正徘徊在清醒与梦魇之间。我打开消息，以为梦魇挣破了大脑皮层，还原到了现实。这条消息说："轮子是我男朋友，请你以后离轮子远一点。我是左小晴。"号码显示是上次我偷偷记下的那个，想着这个女孩没准用了和我一样的手法得到了我的号码。然后我就笑了，我就觉得这个世界真是幽默啊。

我想我本应该继续装傻，当做什么事情也没有发生。我是学英语的，这句话按照语法说是虚拟语气。所以，实际上我是去了的，按那个女孩说的。那个星期的星期天。南京路。

那两个人就并排站在美邦门口，跟俩模特似的。左小晴站在轮子边上，我知道她看到了我，并且恨不得用鼻孔把我瞪死。轮子把玩着手机，还没有发现我。我给轮子打了个电话，远远地我看到轮子把手机举在耳边。他跟我说他在陪同学买衣服，不是很方便打电话。我说"哦"，然后挂断了电话。轮子再打过来的时候，我没有接。

穿过人群，我径直地走向那两个人，我朝轮子挥了挥手，打了个招呼："嘿，这么巧。"

轮子下意识地从左小晴边上挪开了几步，很诧异地问我："边静，你怎么来了？"我觉得那个时候他的动作真是太拙劣了。

我笑："我也来逛街啊！怎么这么巧呢！"

这个时候左小晴的嘴角轻轻往上牵动了一下，随后她挽住了轮子的胳膊。轮子窘迫地推开左小晴的手，走过来拉我："边静，你听我说，是这么回事……"

"啪——"谁也没有料到我就把那耳光如此响亮地甩到左小晴脸上，我也不知道为什么。按照小说电影上面的艺术加工，我这个时候似乎应该反手甩轮子一耳光才对。但是生活往往就是跟三流小说和电影上面不一样啊。我的手已经不是我的了，它已经不受我的控制。我平时都觉得上海人腻腻歪歪的，吵得多凶都不动手。然后这回我终于让这俩上海人开了开眼。看着两个人目瞪口呆的表情，我又忍不住上去准备多甩她几个耳光，看来甩耳光的都会上瘾，不知道左小晴会不会被我甩上瘾，因为她看我过去了都一动不动，等着挨甩。

然而我再把手扬起来的时候，就感觉到一只手死命捏住我的手腕，我回头一看是轮子。我说不上他是一种什么表情，我根本无法用语言形容。我的手就没有力气地垂了下去，怎么就那么疼呢？

我说："轮子你给我放手。"见他没有放开的意思，我想也没想就用剩下的那只手也甩了他个耳光。甩完我自己都惊了。我觉得轮子也许会反过味儿来，就会摁住我一顿暴殴，我要做的就是趁他反应过来之前，走掉。然后我就这么做了。转身走开的时候，我似乎感到轮子拉了一下我的衣角，没有拉住，但也没有人追上来。

坐到地铁上我才开始想起来我是不是该在这个时候掉几颗眼泪啊，不然就不像爱情小说里的烂糟情节了。最好在我掉眼泪的时候，有个帅哥突然递纸巾给我，之后我们相遇相知，红尘做伴活得潇潇洒洒，策马奔腾共享人世繁华，海可枯石可烂，我们肩并着肩手牵着手牵着手牵着手牵着手……但是我酝酿了半天情绪，终于开始泪眼婆娑的时候，除了偶尔捕捉到几个扭曲变形的偷窥目光，就什么也没有了。我想这个世界真是冷漠。

生活真他妈好玩，生活老他妈玩我。

之后的几天，我处于游离状态中，黎蓝说我下巴都尖了，她说我真羡慕你啊边静，这么短时间减下去那么多呢。我就觉得这是典型的站着说话不腰疼。我倒是想多吃点，可我没有胃口啊。

轮子这几天一直在发消息打电话给我，跟我解释他跟左小晴是朋友关系，跟我说左小晴喜欢他他不喜欢左小晴，但左小晴为他做了太多，他只是希望能够回报她之类的话。但我消息不回，电话不接。左小晴也在不停骚扰我。我想他们两个人不是明摆着欺负我是外地人吗，我招谁惹谁了你们这么对待我也不怕遭天谴啊？于是我就关机了，世界一下就清静了。

黎蓝说："边静，我知道你外表平静，内心汹涌，晚上净咬被角哭呢吧？我都听见了，那鼻子擤得跟抽风机似的，实在绷不住就接了电话呗，折腾什么啊穷折腾，整天整天的不消停……"

我说："黎蓝你闭嘴。"

黎蓝一下从床上坐起来，跟诈尸一样，她说："边静你这是恼羞成怒……"

我顺手抄起手边的一个抱枕就朝她扔了过去，黎蓝头一偏，抱枕砸中了墙上微笑着的王力宏，黎蓝又把抱枕扔了回来，冲我咆哮："还不让人说话了啊！还有天理吗！"

我看着骂骂咧咧的黎蓝，想着寝室都不能待了，我去哪儿呢？

然后我就到火车站去了。我下定决心要到一个所有人都找不到我的地方，你们所有的人都该吃吃、该睡睡、该扯淡扯淡去吧，一切都与我无关。

我还是不知道要买到哪里的票，我看排队的人很多，于是我也跟着站在后边。全世界多大啊全中国多大啊，我竟然不知道我该到哪里安身。也许当初头脑一热，为了追随轮子就死心塌地跑来上海上学的做法是愚蠢至极的，也许遇到轮子、认识轮子、跟轮子在一起这件事本身就愚蠢至极，但也许，最有可能的是我边静这个人愚蠢至极。我想，我前面那个人买到哪里的票，我也就买到哪里的票吧。

我排着队的时候后边就有人一路过来问排队的人要不要票。那是个中年男人，他问到我的时候，我说你这票是到哪儿的。他说是到三亚的。我就很震惊这年头还有买火车票到海南去的，真抽风。但更抽风的是，我后来竟然把那张从上海到三亚的火车票买了下来。是五天后的。

于是我回到寝室，打点行装。装好了夏天穿的无袖短衫、短裙、短裤、遮阳伞、防晒霜……收拾了整一大包，然后我就背着包走了。寝室楼门口遇到黎蓝，她问我去干什么。我说我出去溜达溜达。黎蓝问我那背包干什么。我说我负重溜达，减肥。黎蓝又说，晚上一起去吃饭。我说好。但我打定决心这段时间不要再出现了。承诺，只是苍白到无力的自我安慰，我都没能力让自己对自己的诺言兑现了。

后来我就沿街一直走一直走，走到地铁 1 号线，我到人民广场，福州路，还到外滩坐了几个来回的轮渡。我想就是这个城市，因为我对一个人热切的期望而变得鲜活生动起来，温热，有厚度，像手掌纹路覆盖在眼睛上那种感觉，前途未卜却憧憬着美好温暖的结局。我想象着也许在一天两天或者更多天以前，轮子踏着我脚下的那块地板，用什么样的心情诠释这个城市的纸醉金迷。抑或这座城，它本来就是空的，许许多多人用空虚填满了它，到处都能感受到拥挤的寂寞。

晚上，我选择在网吧过夜。打开网页，浏览无关紧要的信息，却没有勇气目睹有关我的一切，只好这样毫无预兆地突然切断我和所有人的联系。生性懦弱的人，可以选择的也只有一条逃避的路。

我连续三天过了这样的生活，简直是筋疲力尽，晚上我一坐到网吧的椅子上就犯困，脑袋枕在键盘上，能在周围"噼里啪啦"的敲击声和各种香烟的熏陶中昏昏沉沉睡过去。以至于大脑完全放松，这个人就像陷进了泥淖中，一点点被睡意湮没到头顶，却踩不到底。

醒来的时候已经半夜三点了，我摸兜的时候发现手机被人掏走了，我就很纳闷人要是一倒霉起来就没完没了的。这回更清静了，我是这么想的。暂时性的解脱竟然让我有了解脱的感觉。我想我这个样子是不是已经不正常了。

后来我就翻开了我的博客，似乎已经被我荒废了很久，但是我看到了一些人的最近留言。

首先是轮子："边静，我住院了你知道吗？是很严重的病。来得很突然。我做了放疗，还有手背上许多的针孔，我的血管渗液，整个手已经肿掉了……请不要在我最脆弱的时候选择离开好吗？不要这么残忍。我现在住在××医院×××病房，你来找我。我等你。"

左小晴，她很有办法，不清楚她哪儿来的那么多办法搞到我博客地址的："大概你还不知道吧，轮子现在住院了。他刚才说的那些不过是想找到你，别太得意，他爱的是我。还有，有种你不要搞失踪啊。你在怕什么？"

黎蓝："边静你哪里去了？轮子快疯了，到处找你！看到以后联系我！楼上的三八，你哪个庙的尼姑啊？出家人不打诳语你跟这儿放什么屁？不在菩萨面前敲木鱼你在这儿捣什么乱啊？我靠！"

第二天早上，我背着包，到医院去看轮子。我想他真的是病了。

其实我向来是很讨厌医院里面消毒水的味道，那总是让我想起泡在福尔马林里的刚成形的死胎，毛骨悚然。但我进入到医院大门的时候却是一副大义凛然的样子，深受三流小说荼毒的我开始在脑海浮现轮子浑身插满管子的惨象，他口戴氧气罩，形容枯槁，面如死灰，听到我来了就无比艰辛地挤出一个很难看的微笑，对我说："边静我爱你。"之后电子仪器上波动的曲线变成直线。这么想着，感情就酝酿出来了，于是我开始鼻尖泛酸，眼睛发胀。

可当我推开病房门的时候却发现轮子正躺在床上打PSP，还津津有味的，身体还挺有节奏地晃动着。我登时就有了种上当受骗的感觉，想趁他还没发现的时候退出房间。但我转身的时候还是被轮子看到了，他把PSP往床上一扔，过来拉住我。

"让我们重新开始。"轮子这么说着，就抱住了我。紧到我几乎窒息。那个时候我突然觉得很累，一句话都说不出来了。

轮子告诉我，他严重胃出血，以后再也不能陪我吃肯德基、麦当劳了，还有火锅，不能喝碳酸饮料，不能吃油性食物……然后他说他想吃咸的小苏打饼干。

"我帮你去买。"我站起身。

"不用了，"轮子拉住我，"我怕你跑了。"

"包押在你这里。"我指指放在椅子上的包。

"好吧。"轮子说。

走到门口的时候我发现我身上已经没有钱了。

"我也没有现钱了，我妈说我住院的这阵子也用不到生活费的，就没有给我留……不过，我这里还有张卡，你先去取一百好了。密码是你的生日。"轮子递来一张卡，是农行的。

我捏着轮子的银行卡走出医院，到附近的 ATM 取款机取了一百出来，把钱放在钱包里面的时候，我看到了那张掖在夹层里火车票。明天，到海南的。几乎不受大脑控制的，我把轮子银行卡里的钱都取了出来，一共两千三百块钱。厚厚的一沓，我放在钱包里，然后打车去了火车站。

熙熙攘攘的车站，人来人往，踏上火车的那一刻，我竟然不知道终点是在哪里。

其实轮子，你知道吗？离开，是为了回来。那么我到底去了哪里，就不重要了。

作者简介
FEIYANG

　　杨雨辰，女，1988 年生，在上海读书。（获第九届新概念作文大赛一等奖，第十一届新概念作文大赛一等奖）

第3章

光影声色

诗人的死亡像一次飞翔，飞越了尘世的苍茫，

飞越了世间的忧伤

象牙塔中的爱　◎文／余欣

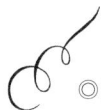

　　刚开学那日，劝同学去买《围城》。我推荐给他，便是因为这本书算是白话文小说的经典之作了。虽然我对《围城》也并没深究，但是那样妙的文字，那样薄的书页，那样低的价格，如何不叫人想与大家分享呢？

　　到书店，却很花了些工夫才找到《围城》。其间我却发现了一本《雷雨》被放在角落里。我有一本《雷雨》，自然知道它的妙处。如若《围城》是白话文小说的经典，那《雷雨》又何尝不是中国话剧史上的一颗明珠呢？我力劝同学买下，但最终，它还是继续躺在了那书架的角落里。

　　回到家，作业早已做完，新书还未发下来，顿觉无事可做，颇闲散，有觉这样不行。那么，看书去吧。

　　寒假前买了本《史记》，是全文言且不带译注的版本，读起来甚为艰涩。无奈家中的闲书都已看过，余了的，就此一本。正当我被疏懒所控制而不愿去翻动《古汉语字典》时，又想起现在还躺在书店角落里的那本《雷雨》。为何不重去读《雷雨》呢？找出它，重新看过，倒也用去了一个下午的时间。

　　《雷雨》作为一个剧本，对人物的刻画，也便是很细致而入神的了。记得以前读，印象最深刻的是繁漪这个人物。

繁漪二十七岁嫁入周家。她是不幸的，周朴园并不爱她，到后来，甚至是憎恶于她，竟把她当疯子看待。但在她三十三岁时，却爱上了周朴园的儿子周萍，周萍时年二十五，正是血气方刚的岁月。这违反伦常的爱当然使三年后的周萍陷入了痛苦的深渊，之后随着鲁四凤的出现。周萍愈想脱离与繁漪的关系。繁漪呢？她看见自己心爱的人要离开她与另外一个女人去找寻明天，自己却依旧要在黑暗中沉沦，她能不痛恨这一切的一切吗？

繁漪的精神崩溃了，她丧失理智地去报复，甚至于利用自己的亲生儿子周冲，以至于深深伤害了年仅十七岁的周冲的心。最终，他的儿子周冲与鲁四凤被电死在雷雨中，而她所爱的周萍也殒命于自己射出的子弹。她自己，也成了一个心智丧乱的疯子。

周繁漪为了自己的爱而斗争，为了抗争而牺牲了一切。套用曹禺先生的话来说，"她是最'雷雨'的性格。"这便是我欣赏这个人物的缘由了。

而此次重读，却被一个以前似乎忽略的人物所吸引。他便是繁漪与周朴园的儿子——周冲。

周冲是一个年仅十七的青年，在他的心里，只有单纯的爱与对未来的憧憬。他敬爱自己的母亲繁漪，也由此害怕专制的父亲周朴园。同时，他也十分敬重自己的兄长周萍。然而，戏剧的是，他所信任与爱着的母亲和哥哥都深深地伤害了他。而最终，却无辜地与鲁四凤一同终结。

而最令我着迷的。却是周冲对于鲁四凤的喜欢，这喜欢可算是爱吗？我看并不是。自始至终，周冲都是单纯的，他被自己的幻念包围着，藏在自己高筑的象牙塔中。他看不清社会，看不清他周围的人的面目。他只想着和他喜欢的人奔向光明的理想，他完全不懂得鲁四凤的一切，他只是单纯地喜欢她。在剧本中，他有过这样一段台词：

有时我就忘记了现在，忘了家，忘了你，忘了母亲，并且忘了我自己。我想，我像是在一个冬天的早晨，非常明亮的天空……在无边的海上……哦，有一条轻得像海燕似的小帆船，在海风吹得紧，海上的空气闻得出有点腥，有点咸的时候，白色的帆张得满满地，像一只鹰的翅膀斜贴在海面上飞，飞，向着天边飞。那时天边只淡淡地浮着两三片白云，我们坐在船头，望着前面，前面就是我们的世界。

对了，我同你，我们可以飞，飞到一个真真干净、快乐的地方，那里没有争执，没有虚伪，没有不平等的，没有……你说好吗？

你我都会惊叹，这是多么浪漫而美的画面啊。然而，这不也是最空泛的梦幻吗？这便是周冲的想法，他的一切都寄托在这实在太高以至于清冷的梦幻象牙塔中，总有一天他会与他的一切一同随象牙塔的倒塌而重重地坠落于地。

周冲只是喜欢着鲁四凤，而这象牙塔中的喜欢却被他看做了真爱。若是真爱的话，他爱的并不是鲁四凤，他爱的是他幻想中的"爱"。

到了戏剧的第四幕，一次次的打击已经使周冲的幻梦象牙塔摇摇欲坠。最终，鲁四凤与他哥哥周萍的一起出现并坦白他们的爱情使着象牙塔轰然倒塌。这次周冲清醒了。面对疯狂的母亲，激动的鲁四凤与周萍，他疑惑而又渺茫地说："不，不，我突然发现……我觉得……我好像不是真爱四凤；以前——我，我，我——大概是胡闹。"

这时，周冲才明白，他只是喜欢四凤，四凤并非是他的真爱，那象牙塔中的爱已经悄然沉入地下，不复存在。

与周冲相比，我们又何尝不是在高筑自己的象牙塔呢？平心而论，青春期的我们谁没有一两个喜欢的人呢？而这喜欢，决计不是爱。有的人选择直面，走向喜欢的人，与其成为朋友。有人选择逃避，把想法深埋在心底，不去触动。还有不少的人以为这就是"真爱"，找着对方，要与她（他）走向"理想的未来"。这三种人各自的得与失只有自己知晓吧。就我个人而言，我并不赞成第三类人。这不是学着周冲，将喜欢放入象牙塔并自诩为爱吗？这样做的结果多是悲剧。待到多年以后，又回想过去，笑着："那时，我大概是胡闹吧！"

再读《雷雨》会得这般感触，实在意外。想法是一个人的想法，对错自无法判断。但警君莫以象牙塔中的爱为真爱。

作者简介
FEIYANG

余欣，男，1991年10月生。（获第十一届新概念作文大赛一等奖）

物质边缘的精神永恒 ◎文/周晓燕

　　在西方，由于精神分析学说在文化上的强势，对男性友谊和同性倾向的问题历来就有坦率和真诚的讨论，从柏拉图的"男性之美"开始，这一命题就被作为艺术规律加以概括，成为正统。

　　历史上关于男性友谊从来不是讳莫如深的，相反，它还成为高尚灵魂的写照。从心灵相通的歌德、席勒，到诠释狂爱的兰波、魏尔伦，再到无私奉献的马克思、恩格斯。《扒手莫扎特》把人物设置成小偷，而且还是技术不佳的小偷，无疑是要从一种极端的情况中提炼一种悲剧性，诠释徘徊在物质边缘人物的精神之美。

　　一些充当限制角色的人总在无关紧要的话中道出玄机。"章鱼"和"老虎"所在团体的头头就是这样的角色。他戏谑地称"章鱼"是"老虎"的"女朋友"。这里的关键不在"戏谑"而在"女朋友"。那头头是出来混得还可以的，想必也是个很有社会经验的人，看人也精准，若眼神不好，下错了手早就去吃免费午餐了（虽然他一语道破二人的关系后便很神奇地失手了）。何况"章鱼"沉默忧郁又有些神经质,与深沉且有些大男子主义的"老虎"还是挺相配的。

　　艺术史的展开，不过是把更多的社会内容叠加于其上，使人性在复杂的关系与层次中逐渐显得因回合遭遇更多的遮蔽。"先知"的失手使他们的团队只剩下鱼、虎二人，这两个不会偷窃的小偷的生存顿时成了一个问题。从天而降的小"莫扎特"又使他俩在是否收留他的问题上产生了分歧。二人的心理性别差异陡然显现。

"莫扎特"是跟着"章鱼"走的，他对"章鱼"的信任以及和对"老虎"的恐惧与不理睬很容易让人联想到小孩子受委屈后向妈妈寻求关怀。"章鱼"婉转地表达了收留这一想法，而"老虎"的观点是明确的强势的带有威胁性的，并且在当时看来是绝对正确的——带个小孩在身边不仅浪费粮食还会引起警察怀疑，惹祸上身。于此，"老虎"的男性意识充分显现，与"章鱼"的阴性气质行程对比。但最终老虎顺了"章鱼"的意见。这种妥协是无条件的隐忍的甚至准备自我牺牲。这种妥协是不用加引号的伟大的男性友谊。恩格斯奉献金钱，魏尔伦奉献灵感，席勒奉献书信，而一无所有的"老虎"则奉献一片赤诚。

随着情节的发展，影片借"恋母情结"对同性倾向的问题进行思考和深入讨论。刚才说"莫扎特"是把"章鱼"当成妈妈的，餐间三人的尴尬气氛与夜晚"莫扎特"抢占"章鱼"的床可以看出，他对"章鱼"有一种刻意而为的亲近，他希望"章鱼"能像妈妈一样给孩子暖被子然后给他一个吻。可惜"章鱼"没有这么做。他一身女士打扮，在老虎的"邀请"下钻进他的被窝，给人无限的遐想。或许这是电影在众多艺术当中的特殊之处，它肆意地向观众提供心理满足要求它的表演者实现大众共有的幻想。而大众的审美有时是具有原始性的，充满神话的浪漫与史诗的狂野。

说到神话我们不免想到俄狄浦斯，这个一切艺术的母题目。毫无疑问"莫扎特"爱上了"章鱼妈妈"，为了博取妈妈的爱，具有恋母情结的男孩子们通常的想法是超越父亲。我们的"莫扎特"不愧为"莫扎特"，他把想法变成了行动，他的偷窃天才是"爸妈"怎么也想不到的，为这个贫穷的家带来了生存的希望。他既博取了妈妈的喜爱，也赢得了老虎爸爸的欢心。虽然这不是他"本我"范畴的目的。

影片的结尾"莫扎特"拿到了手铐的钥匙，为了让"章鱼"高兴，他必须拯救困于警察之手的老虎。他神秘地一笑。然而小"莫扎特"再聪明也偷不走章鱼的心，当他的工作积极性受打击之后很可能再次出现老虎的"鼻子没了"，"章鱼"心疼地递上一块毛巾的温情场面。"老虎"和"章鱼"将高举男性友谊大旗，经历重重生活的艰辛，为了共同的理想和事业形成牢不可破的感情联盟（他们的事业包括培养一名天才小偷）。

"我找到了！"

"什么？钱包？"

"不。永恒。"

作者简介
FEIYANG

周晓燕，女，浙江绍兴人。（获第十一届新概念作文大赛一等奖）

纳尼亚：在黎明前独自一人　◎文/晏宇

2006年3月8日午后，我坐在喧嚣影院前的长廊上，等待着《纳尼亚传奇》下一场的放映。

和同学约好周六逛街出来欣赏的，然而首映当日却无法自抑地一个人提前去看。

本来是最繁华的市中心购物广场顶楼，午后微细的喧噪中，忽而有什么沉寂。身旁是成堆的桌椅，影院前的茶厅处在一刻迷人的闲散气氛当中。人们四处坐着聊天，守候电影的开场。我听着人群中聊起这部电影，却突然听不懂他们的话，突然间怀疑，他们等待的，和我要等待的，并不是同一部纳尼亚。

起初心情很平静，当人处在等待尽头，就会感到的一种平静。坐在走廊的转椅上，屏幕中从四面八方一遍又一遍地放着预告镜头。有一刻，一头金黄如太阳一般的狮子缓缓踱出帐篷，刹那间光阴荏苒！一阵久违的悸动冲上喉咙，有一瞬世界被隔离，眼前不能自抑地泫然泪下……

然后我不得不起身走走，让自己慢慢平复下来。

我无法告诉你，这一刻我等待了将近十年。

我也是全场唯一把书带进电影院的。进场前一秒深呼吸，那些岁月忽然涨潮似的漫过心脏，漫过攥着书的手掌，淹没了力气！坐在前排位置上，手心紧紧攥着书，等待电影开始的时刻，就像揭开岁月里的一个秘密：银幕如同时光流转，画面由明亮转为昏暗，再从黑暗中变得清晰。女孩小心翼翼地翻开陪伴了她无数个日日夜夜的书页，神态微微有些虔诚，忽然间感到自己仿佛正要去和一个童年会面——

时间骤然倒流回许多年前，在黑暗中尘封书架的某处，静静地躺着两部毫不起眼的书，宛若失去了魔法，寂寞地沉睡，直到有一天，一个小女孩闯入时，无意中将它们惊醒！因为她从别处听过这个故事，从此一直在寻找它们，寻找七个故事的全貌……在这间古老的图书馆里，她结束了经年累月的搜寻。掀开纸页，书中的故事一个接一个瞬间复苏，重新回复到以往的鲜活和灿烂。一个古老深长的回音，在头顶冥冥地睁开眼，它呼唤道——醒来吧，纳尼亚、纳尼亚！……

那是她一生中最记忆犹新的声音。

这部书被她借了又借，陪她度过小学到初中的时光，直到上了高中她才买到一套属于自己的全本，尔后那套书又在世上销声匿迹，手中仅有的一套几乎成了绝版。在这世上找不到人分享所爱是一件极为孤单的事，她热爱的纳尼亚的故事就像是远古留下的残言片语，很隐秘地薪火相传却鲜为人知。2005 年，突然听说，迪斯尼要把这个故事搬上银幕——这是她过去曾经梦想却不敢奢望实现的，那时她闻讯喜出望外，同时却又有一阵猝不及防的惶恐。这个故事——本来宛如是她与童年环环相扣中的一环秘密，却突然间一下变得广为人知——而且，更重要的是，现在她长大了，再不是过去那个小女孩了，她已经成了——我！

除了那开场音乐仿若时空倒流的一刻让我有回到过去的错觉，那一刻我便知道自己分外孤独。

这里无人像我一样，怀着童年的记忆猝然醒来。纳尼亚——或者，纳尼亚传奇！这不过是人们最近谈论的一部新上的电影，如同这一季刚上市的衣服，一则醒目的头条新闻。然而对于我，它则如同群山一样古老。纳尼亚大地，"从西边灯柱野林一直到东海的凯尔帕拉尔维尔"，山川和树木，伟大的狮子阿斯兰，都是童年记忆里挥之不去的图像，我从不认为那是幻想。那是时光中最生动的记忆，随着过去消失了的真实。至少我在相当长一段时间内，都这么坚信着。

然而此时此刻坐在电影院，我却突然怀疑这会不会是在迪斯尼为我们造的一个长长的梦里，梦的尽头独自醒来时，也许都不知自己身在何处。

影片开幕后，我承认我非常失望，尽管画面美轮美奂，场面温馨动人，然而不知为何，在我这个书迷的眼中，全篇却笼上一层无可奈何的单薄，如同浮在水上的影子，明媚闪耀，却虚而不真。纳尼亚成为一个平面飘浮在银幕上的布景，记忆里它曾是个血肉丰满的世界，却在银幕上显得无比虚幻；它意境深邃，却终于被包装成一个简单的童话。曾经鲜活令我以为自己身临其境的世界，电影中看着却如同一个遥远的属于别人的故事。我忽然感到置身于回忆和现实的交错中，我一次一次努力地向记忆靠近，却一次又一次地被推得更远。

在失望之余，我依然要细数这部影片的优点——它并非不打动人，不管是延续着原著的基调，还是自创的片段，都带有遥远的气势与恢弘景象。网络上有人评价是"青春和温暖"。这部电影风光明艳、格调清新，许多细节透着童真，洋溢出一种青春才有的无忧无虑的欢乐。而我始终关心着的几位主角，电影也赋予了他们更丰富的内心世界。他们从画面中走来：露茜，那个天真，相信一切的女孩；彼得，背负着守护和责任去奋战的君王；苏珊代表世俗的怀疑和顾虑；而爱德蒙则是少年叛逆和回归。这一切都足以使我去喜爱它！

但作为一部演绎这部伟大著作的电影，《纳尼亚传奇》却依然令对原著热爱至深的人们不禁发出叹息。影片节奏和气氛均没有很好地烘托出原著的气氛，对白尤其平淡，过后难有令人回味之句。原著里却有很多这样的片段，如，露茜和爱德蒙归来后对纳尼亚各执一词，苏珊和彼得困惑地找到教授，教授说："只有三个可能，你们的妹妹不是撒谎，就是疯了，要么就是说了真话。而你们知道她从不撒谎，而她显然也没疯,我们只好认为她说的是实话。"这样有趣的逻辑推理;又比如爱德蒙在投靠白女巫的路途中忘记带大衣,栽倒在雪地后爬起来,自言自语地说:"等我当上纳尼亚国王,我首先要干的事就是在这里修几条像样的路!"书中接着写:"他在脑子里拿定主意要有什么样的王宫,有多少汽车,以及种种有关私人电影院的事,主要的铁路往哪儿开,他要针对海狸和堤坝制定什么样的法律加以限制,还把不准彼得乱说乱动的计划作了最后修改。"

这多年后令我记忆犹新的幽默笔调,在电影台词里都被省略掉了。

我尤其不满对那只狐狸的改动。狼口脱险简直成了一个幼稚玩笑。剧情也稍觉平均用力。我十分羞愧地承认,中途有一刻看得让人打瞌睡。我担心许多人就是在这里丧失了对电影的支持。最哭笑不得的是,一个朋友看完全片后竟然说其中没什么高潮!再者影片色彩过于鲜艳,使得最精彩的战争场面显得不够真实。

在我看来迪斯尼并没有用心领会这部作品,或者说并没有真正演绎好"纳尼亚的心",这就是这部电影和《魔戒》相比最大的失误。这部电影仅仅成了一系列奇幻世界和角色的过场,并没有深入纳尼亚世界内在的灵魂。故事并不是刘易斯的初衷,商业化的结果则使电影显得苍白无力,而且引来误解重重。电影结束后,我听到身旁不负责任的批评声音,感到异常委屈。我知道那不怪他们,因为电影给他们带来的感受就是如此。可是,在我耳旁,似乎有个细小的声音大声呼喊:"那不是真正的纳尼亚,真正的纳尼亚不是这样!"——当然,没有人听到,任何人都没有,包括我自己都沉浸在失望后的愤怒里,干脆假装没有听见。

连自己也开始怀疑,长久地喜欢这样一部作品,是不是个错误。

可是当翻开原著的时候,一切怀疑都消弭了,纳尼亚还是那个纳尼亚,而电影却非完全成为那个纳尼亚。其实,当这部电影刚刚登陆中国的时候,我就对其票房最高预期抱悲观态度。理由很简单,在务实的中国人眼中,它显得过于"小儿科"。我已经在 N 个帖子中不厌其烦地解释作品是一种象征，可还是有很多人无法忍受"为了几块糖背叛"，或者"几个现实世界的小孩能够领导战争"，他们觉得这样的情节简直是玩弄人！最后，我也只有苦笑到无话可说。谁让它诞生之初就是一部儿童文学？谁让迪斯尼进一步淡化了它的意义？谁让我还是一如既往地爱着它？

如果有人要问我这个幼稚简单的片子中到底有什么，我会回答说包含了整个世界。它同时包容了正义和邪恶，信心与疑惑，勇敢与怯懦，坚定与背叛，错误与成就，毁灭和重生。那是我们人世的缩影，以及指引我们通往彼岸世界的路。正因为它并没有单纯地排斥世间对立的任何一部分，因此它才那样真实并且打动人心！

我本来想在文章的结尾中说，如果迪斯尼没有为我们奉献一部真正的纳尼亚，纳尼亚迷们——至少在身边这块土地上，始终是孤独的。他们怀抱着一个瑰丽而不被理解的梦，执着然后在他人眼中同样变得不可理解。迪斯尼没有为我们诠释好这个梦，也许《纳尼亚传奇》终将成为一部光怪陆离的儿童剧，在他人记忆中过眼云烟。

但在影片的最后，我却突如其来地再度被感动了。

在书中最难忘阿斯兰为纳尼亚牺牲的那个夜晚，可谓之黎明前夕的黑暗。苏珊和露西，怀着悲愤、痛心和寂寞，整夜徘徊在石桌死去的阿斯兰身边，久久不愿离去。那种空旷、悲伤和孤独如此强烈，以致多年以后对着电影，我还是不能自抑地回忆看书那一刻的感受。

那时，所有的希望都在一瞬间崩溃了，阿斯兰死了，最坏的时刻已经到来，已经没有什么挡在他们与白女巫之间。保护他们的父亲和师长已经离去，而他们不得不独自面对太阳升起，一个真正只有自己的黎明！

看到《哈利波特》VII当中，邓不利多死的时候，我也有这种似曾相识的感受。在希望沦丧的时刻，哈利意识到，必须剩下他自己孤军奋战。

在电影中途，看到最绝望时，在电影院黑暗中坐着也像是黎明前那一刻，却不是为阿斯兰的死，而是为薄弱的过场，那时差不多有想冲出去，永远不回来的冲动。在我眼前的确有人中途没看完就走了出去，我心里当即仿佛是被扇了个耳光般地难受。这种绝望不是剧情不堪回首，刚好是因为情节单薄得不堪回首。我终于知道当得知迪斯尼要来改编纳尼亚的时候，心里的慌张是什么了——那就犹如一个长久阔别思慕的朋友突然面目全非回到你面前，而且你惊慌地发现对他的了解并未减少，但他已不再是过去的他了。

安德鲁毕竟不是彼得·杰克逊，而一个追求利润的娱乐公司，其热忱毕竟不能与一些狂热精益求精的电影人相提并论。也许我的完美主义情结应该遭到批判！但我牢记看《魔戒》到深处时，能够从中感受包括彼得·杰克逊在内，所有制作人的特殊情感，那是对原著的一片满怀挚爱，一种追求极致的回归过去般的献礼，但在《纳尼亚传奇》中却找不到……

但是在阿斯兰出现的时候，一切仿佛变化了。世界终于又恢复到正常，我开始觉得这才是我熟悉的纳尼亚，因为有狮王的存在，就如我记忆中那样威严温暖，为他的子民带去希望和春天。影片中有一个地方，当彼得和阿斯兰站在山坡面朝大海的时候，阿斯兰说："我也希望我的家人得到安全。"身旁有人听了莫名其妙，说那只狮子有什么家人？我想按照中国人的习惯，这里"家人"翻译成"子民"也许更明白易懂，而且不会招来诧异和误解。

随后剧情便高潮迭起，相聚、谈判、赴死，那场我从预告片中看到的大战也拉开序幕。到最后国王加冕的时候，中途曾经一度陌生，但迪斯尼最后还是获得成功。他们的成功在于忠实地演绎了阿斯兰，使得这部戏有了重新令人审视的角度。编剧的把握也许会和广大书迷产生偏差，可是他们都知道怎样描绘阿斯兰，即使对这部电影最不了解的人也能看出，阿斯兰才是纳尼亚的中心。

西方人眼中，这头伟大狮子象征着上帝。

尽管这部电影众多地方显现出单调苍白，阿斯兰高贵辉煌的形象始终深入人心，凛然不可侵犯的尊严，如大海般的慈爱和深沉，为人的错误而牺牲，这种高尚悲悯的情怀，尽管某些地方的处理仍值得商榷，却成了这部电影中唯一的闪光点。

是他，使得纳尼亚再度成为一种希望，我们心中的希望……也是他，使我最终谅解了迪斯尼。

影片结束，银幕在音乐中遁入黑暗。在散场的喧嚣中，我独自离开了电影院，走在回家的路上，心里充盈着激动。我开始相信，世上一定会有越来越多的人同样爱上这个故事。迪斯尼的电影也许有种种不完美的地方，但他们替全世界纳尼亚迷们做了件好事：他们不遗余力地传播着这个故事，利用影响力使其广为传播。好莱坞电影的宣传之下，世上无数人得以认识这个世界，从而寻找进入真实纳尼亚世界的那扇门。

而电影《纳尼亚传奇》只不过是一个指引方向的路标，并不是映照真实纳尼亚的一扇窗户——那扇窗在每个读者的心中。

原著中第三个故事的结尾，阿斯兰告诉了露茜一段话：

"正是因为这个缘故，才把你们带到纳尼亚来，你们在这个世界对我有所认识，在那儿就可以对我更了解……"

作者简介
FEIYANG

晏宇，网名风间轨迹、minstreland。（获第十一届新概念作文大赛一等奖）

诗人的死亡 ◎文/张坚

引子

"我只愿面朝大海，春暖花开。"

"黑夜给了我黑色的眼睛，我却用它寻找光明。"

很多人都是从这两句诗句认识他们的。我也是。假如我不知道这两个年轻的诗人已经离我们远去的话，或许我会被这绝美的诗句蒙蔽双眼。诗人的死亡像一次飞翔，飞越了尘世的苍茫，飞越了世间的忧伤。

海子·暖花·陨落

我不知道将身体卧在冰冷的铁轨上是一种怎样的感觉，但海子真切地体会到这样一种凄美的瞬间。一本《新旧约全书》，一本梭罗的《瓦尔登湖》，一本海涯达尔的《孤筏重洋》和一本《康拉德小说选》，一边是海子的信仰，一边是海子心灵的故乡。1989 年 3 月 26 日黄昏，海子走到山海关至龙家营之间的一段火车慢行道上，他回过头来，望着身后一轮似血的残阳，最后一次了，然后他静静地躺下。那时，我读懂了海子的迷惘和痛苦。

某个初春的傍晚。烟雨朦胧。海子走进昌平一家饭店，对老板说："我给你朗诵自己的诗歌，你给我酒喝。"老板看着这个身材不高，头发又长又乱，衣冠不整的瘦削而落魄的小伙子，冷冷地说："我可以给你酒喝，但你不能在这里朗诵你的诗。"敏感的诗人痛不欲生，理想在现实面前显得那么苍白无力。海子已经痛苦地感到，在他所追求的理想和现实之间，横着一条难以逾越的鸿沟。一个北大法律系毕业的学生，一个有过春暖花开般幻想的诗人，在现实面前，理想彻底地破灭，精神彻底地崩溃。

海子不是一个性格内向的人，但在心灵深处，他却是极其孤独的。他说，创作需要绝对纯净的心灵，任何世俗的东西，包括生活，都会影响心灵的纯洁，从而影响探索的高度。

他在遗书中写道："我的死与任何人无关。"但我觉得，是那个不需要诗人的时代使海子绝望了。"远方除了遥远一无所有。"终于，海子选择了陨落，选择了离开。他相信，来年的春天，十个海子将全部复活。

有时我在想，海子喜欢那种感觉，所以他便安静地躺在铁轨上，感受一种他向往已久的感觉，他享受着，以至于睡着了，连火车开过他都没有觉察，整个过程显得那么美丽和安静。

翻开《海子的诗》，我在扉页上写下："爱、美、自由。"尽管是徐志摩的东西，但我发现它们在闪光。

顾城·黑夜·黑眼睛

当顾城还是一个孩子的时候——其实他永远都只是一个孩子，一个被妈妈宠坏的孩子。十二岁时，顾城随着父亲顾工在"文革"期间被下放到山东的海边，父亲写诗，他也写。他们把每首即兴写的诗，都丢进火里。顾城低声说："火焰是我们诗歌唯一的读者。"在那样一个缺乏诗意的年代，诗人的心境可想而知。

顾城长大后干过油漆工、木匠、翻糖工、电影广告绘画工、商店营业员、借调编辑等临时工作，过着十分潦倒的生活，但这些并不能使他怎样，他依旧可以背负着痛苦，笑着找幸福。而他的心，却像小孩子一样，固执地拒绝伤害。他的爱小心翼翼，而这个世界却又太多尖锐的碎片让他不知所措。他可以忍受岛上的孤独但不能忍受至爱的人李英的离弃，他可以忍受贫穷但不能忍受他的妻子谢烨的婚外恋。

1993年10月8日，诗人用斧头砍死自己的妻子，然后开枪自杀。有那么多逃避现实的方法他却选择了最极端的那种。

有人说诗人疯了。我觉得顾城真的绝望了。在荒凉的激流岛上，顾城固执地认为他可以和他所爱的人获得一份幸福，但是顾城有了孩子后，他认为自己的亲生孩子影响了妻子对他的关爱，在他的一再要求下，谢烨不得不把孩子托给了新西兰土著毛利人。

顾城定居新西兰激流岛后，养了几百只鸡过生活，但遭到当地居民的起诉，顾城一夜之间拿着一把刀进入鸡舍，一顿疯狂挥砍，然后，顾城把鸡脑袋装在一个塑料袋里，交给社区官员，证明自己已经把所有的鸡都彻底处理了。社区官员吓得当场逃跑。

顾城说他喜欢他儿子叫他"胖"。但是面对他儿子的时候他会突然将儿子从沙发上踢下来，然后自己倒地，肌肉痉挛。

就是这样一个矛盾着的诗人和一颗痛苦的心灵。顾城心中那座城堡是属于他内心的城堡。顾城生下来便注定是诗人，他写诗便是在构筑他理想的故乡、理想的城堡。他选择了自杀，选择了死亡来解脱他的绝望。

我喜欢反反复复地看着顾城的同一首诗，徜徉在他的城堡里，感官混淆得一塌糊涂，干净、快乐、忧伤、新奇，这是我最喜欢的感觉。

顾城被称为当代仅有的唯灵浪漫主义诗人，他说："我想在大地上／画满窗子／让所有习惯黑暗的眼睛／都习惯光明。"顾城用积极伪装了绝望，他并不坚强，他也选择了逃避。

行走在边缘

你们留下了诗歌

你们带走了诗歌

你们带走了生命和肉体

你们留下的心灵的行走永不停息

如此的空白，大地诗歌的森林

似睡非睡 它的梦中结满冰块

带泪的清晨

我看见黄昏的瞳孔湮灭了

那么多优秀的人的悲歌和哭泣

他们的挽歌还在延续

他们的诗歌的绝作用生命换取

祖国的戈壁 雪山 湖泊 星空

少了他们的吟唱 少了他们的流浪

我心中的英雄

在没有战争的年代

就这样猝然倒下

在诗歌的草原上埋下了自己

——《挽歌，给早逝的诗人们》

　　西川说："你可以嘲笑一个皇帝的富有，但你不能嘲笑一个诗人的贫穷。"海子在这个世界上挣扎了二十五年，顾城游离了三十七年。然而他们最后都死了，其实人都会有这么一天的，只是诗人的自杀看起来有些壮美。这两个可怜的游子，他们找不到家的方向，却一直行走在边缘，一年又一年，写着苦难的诗。诗人的身份与这个世界格格不入，他们在绝望中挣扎，试图摆脱世俗的羁绊，但他们最终都选择了逃避，选择了飞翔。

这两个浪漫的诗人，这两个渴望飞翔的诗人最终都死于大地，他们摆脱漫长的黑夜、根深蒂固的灵魂之苦，诗歌就是他们的生命。我们无须悲伤他们的离去，相信他们正在另外一个世界，那里有光明，有面朝大海和春暖花开。

有人说："二十一世纪的中国早已经没有了诗人，有的只是写诗的人。"这不能不说是一种悲哀，如果诗人的离去也带走了一个时代的诗意，那么他们却带不走那些绝望的心灵。理想与现实的距离是一个诗人必须面对的最深刻的痛，然而在这两者之间，在天堂与地狱之间，那种粉身碎骨的痛楚，是任何绝望都代替不了的。理想的破灭，自古有之。

屈子在汨罗江边，泪眼迷离。我想他的心境应该和海子和顾城一样，已经冷了，死了。所以他们选择了另外一条路，一条极端的路，一个人走下去。

后记

不必讶异我在这"阳光"的年龄谈论死亡这灰色基调的词眼，不必讶异我对海子和顾城崇拜得近乎疯狂。我觉得站在他们面前，我只不过是他们影子上的小黑点，无法察觉，而在 他们身后，却有一盏灯永远地亮着。

顾城说："走了那么远，我们去寻找一盏灯。"

虽然摇曳的灯光明灭不定，一片晦涩，但我愿意去寻找那盏灯。

作者简介
FEIYANG

张坚，男，2月生人，水瓶座。（获第十一届新概念作文大赛一等奖）

第4章

旅行的意义

这一切，在以后的岁月中逐渐成为我的怀念，
我以为这是我做过的最有意义的事

四城记 ◎文/徐衍

"仅你腐朽的一面，已经足以让我荣耀一生。"——
这是万夏写给成都的诗句，一座城，一句诗，熨帖地彼
此呼应……

地大物博，兼容并包，这片大地蓄满万种风情，文
明、蛮荒、先锋、落后、破败、繁华、声色犬马、安土
重迁……你摊开中国地图，可以观测到一应俱全的复杂
体验。

我写四个城，关于行走，关于放逐，也关于回归，
旅行中的城市带给你闻所未闻的新鲜奇趣，也时时刻刻
提醒你，这一切的光鲜华丽，哪怕仅仅是原生态的破败
落后，都与你无关，只是个过客，或者说是看客记下的
零碎所见。

一 "龟"行矩步

西北比南方保存着更完备的原生态。南来北往，是
一种迥然不同的生存状态。火车路过陕西，列车广播适
时地播了一段信天游。接着窗外大块大块的黄土地映入
眼帘。尘归尘土归土，黄土堆今天被风吹损一点，后天
一阵回旋风又把走失的土块吹回来，大风吹彻，黄土堆
依然如故，岿然不动。

前往新疆的路上，被一程程大西北的景致所吸引。从前十多年的日子全抛在了江南水乡，见到的是绿油油的山山水水，而今，这一切却徒然被架空，连个缓缓神喘口气的过渡机会都剥夺了。南来北往是一种凛冽苍茫的转变。铁轨冰冷地咣当咣当，似一道雪亮犀利的闪电，劈开南南北北的两极！

用 Google Earth 搜索新疆，冰冷的青黑色显得不近人情，然而进入到龟兹古城，因为闭塞因为封闭，本真的淳朴那些早已丧失的古老做派得以一览无余，我不知道古城在物化的今天，看起来的那份平静，对它到底是福还是祸？

新城在不远处慢慢站稳脚跟，一条高速公路联系双城，新城身上残留的古老质朴气质渐趋褪尽，龟兹老城被抛弃在河滩边风沙里，不知再缓慢地朝前攀爬多少年，身上的朴实古老会一点点蚕食剥落。

老城里迟暮的老人闭目养神，细微的尘埃浮动于昏黄的日光，驴子乐天安命地行走在土路上，偶尔咩咩几声，打破沉寂与单调。沿路不少当地妇女，包裹着素净的头巾，摆个小地摊，贩卖零零散散的小东西。古城人家的墙垣都极低，我们一眼就能望见这户人家有几头牲口几棵树，哪户人家的娃娃在哭还是在闹。

河滩边上的巴扎（集市），赶集的旅人们，牵着各家的小毛驴纷至沓来。老城在巴扎日散发出一点朝气，驴子似乎比人还常见。夹杂着回语的吆喝不绝于耳，驴子看着主人忙活着买卖，自个儿气定神闲地在河边饮水自给自足，怡然自得。有时候，远处一头母驴有意无意的一鸣，周围的公驴蜂拥着蹦跶过去。瞅准母驴就是一阵没头没脑的撒欢，主人闻声赶来，双方忙着拉扯正欢畅得不知所云的驴子，骂骂咧咧地相背离去，留下两头驴子意犹未尽地恋恋不舍。巴扎日既是人的聚会，也是驴子们耳鬓厮磨的契机，货物在这里集散的同时，驴子也在这里刀耕火种，它们直接粗暴的爱欲在这里生根发芽。

夜里的小城龟兹，驻足旷野。满天浩瀚的星群，晶亮得滴水。隐去夜空这块幕布，只剩满满当当的星星，像尘世间踽踽独行为生活生计忙忙碌碌的世人，浮浮沉沉明明灭灭。只有在这样的天幕下，我才可以肆无忌惮地使用"浩瀚""苍茫""纯净"这类字眼。抱朴含真，在星空下你会了解的。

马奶酒、草原舞蹈、牧歌、巴扎、风情万种的维吾尔族少女、古旧的陶罐、垂垂老矣的市井商贩、满地蹒跚游走的毛驴，这个尚未完全开化又尚未完全蒙蔽的古城，在犹豫着选择前途。文明有时候亦可以是一把利刃，原始的风花雪月被无情手刃；封闭有时候也是一种进步，不跟风不盲从不随波逐流，用否定来肯定，用坚守来自保。或许有一天满世界转悠着奔腾不息的车辆铁轨，满世界用一种调调阐述一种思想，人们会发现小城身上"世外桃源"的气质，那时候小城的人们会发现自己的价值连城，会引以为豪，驴子们也会叫唤得更酣畅淋漓。

但愿会有那么一天吧。

二　黄是黄山的黄

去黄山是在炎夏，路上导游已经在解说，黄山的日出一年大概只有三分之一的时间能目睹到，祝你们好运。

乘坐缆车，当真有种会当凌绝顶的雄风。险峻挺拔山石尽在脚下，阿一恐高，不住地嚷嚷，特矫情。黄山的山终年云雾缭绕，的的确确仙风道骨人间仙境。开发者，别有诗意地将一座座天然山石赋予美妙的生命：仙人指路、猴子观海、仙桃石……

在半山腰，天落小雨，周围雾蒙蒙的，深似海。松林掩映在厚重的雾气中，影影绰绰望而生畏，行走的途中，雨点露珠不住地滚落而下，刁钻地给游客们一些不期待的冰冷寒气。几处悬崖峭壁，险象环生。途经一线天，大伙特虔诚地排成一对，挨个登顶，活生生一组逃往防空洞的灾民。沿途的铁锁上，锁着不少情人锁，有的闪闪发亮簇新簇新，有的已经行将就木锈迹斑斑，上面刻着不一的名字，也许雕刻的人此刻正在心心相印地温存，聚散两依依吧。还有的已经开锁，估计是被哪个恶作剧的家伙给撬掉了，说不定是他们的情敌？

迎客松作为黄山的象征，大伙纷纷合影留念。阿一数落我们俗气，最后还是屁颠屁颠地加入到拍摄行列。迎客松中段被铁锁牵制复制，在风雨中巍然挺立。苍劲的松，吞吐着墨绿的雄伟，在奇绝的氛围下，增色不少。

夜宿黄山顶。极其简陋的床铺，阿一甚至在床铺上发现前面游客留下的大把头发。导游开导我们，山上的一切都是挑山工一脚一脚地挑上山来的，所以每晚一百这条件还算不错了。阿一咬咬牙，好吧，算你狠，谁让你开在黄山上。

夜里大伙全副武装，都穿着塑料雨衣入睡。无奈翻来覆去，雨衣摩擦产生窸窸窣窣的杂音，喧闹得不行。最后大伙索性点灯，在一片湿漉漉的环境下，艰难地玩着扑克牌，亢奋得一宿未眠。这直接导致第二天我们下山一个个都跟误食了山上的毒蘑菇一般，有气无力头重脚轻。水汽迷茫，烟锁重山。大家唉声叹气颇为遗憾。

几米在《我的心里每天开出一朵花》中提到过，我总是在最深的绝望里遇见最美丽的惊喜。

苍天有眼，上帝保佑。太阳娇滴滴地探出云端，露出真面目。传说中的黄山日出，在昙花一现后就匆匆败了，比昙花还短命。众人举着相机疯狂抓拍，从前有人调侃过，外国的月亮比中国圆，的确，在黄山上，司空见惯的太阳亦是身价倍增，我们一众人虔诚地俯首称臣，心甘情愿地彻底拜倒。

天彻底大亮，狂风哗啦哗啦吹得欢，让我想起王菲唱过，大风吹大风吹，爆米花香味……在巅峰，你会感受命悬一线的惊心动魄，你会体验人世浮沉一切皆空的真谛。阿一的宝贝相机，也在此作彼继的大风中险些葬送山涧底。

下山走了另外一条路，得以见到来时截然不同的风景，逐级而下，遇到不少挑山工，小至一扎扎矿泉水，大至厚重的建筑材料，全由挑山工一步一个脚印地挑上山顶。我们频频让道，突然想到，远在这秀丽山水下，还有这般艰辛的生活景致，这般生生不息的生命力量。借着惯性，我们下山走得飞快，石板铺就的阶梯似乎没个头，而一路邂逅的挑山工宛若逆流而上的另类物种，挑选最艰深最峭拔的方式，栖身大灾大难中，自有悲壮苍凉的质感。

下了山，黄山四绝，唯独没见识到温泉，而挑山工们惊人的体力耐力却让我们见识到生命无所不在的潜力和奇迹。这段脚程是一群挑山工烂熟于心的路线，亦是他们养家糊口维系全家温饱的血泪长路吧？

驱车前往附近的鲍家花园等景观，在古民居的小吃一条街上，出现不少"一"系列的小摊：卖馄饨的"汪一挑"，卖红糖的"马一担"，阿一说改天她也来摆个小摊，叫"阿一瓢"，茜茜嘲笑阿一说，改名叫"阿一嫖"，也许生意更欣荣呢。结果阿一满大街地追着茜茜殴打。

买了一套微型景德陶瓷和一排火柴，火柴盒都是仿上世纪的老上海的样式，古色古香，阿一买了两块褐色的大石头，上面微微开着密密匝匝的小孔，阿一说，这叫洗脚石，特舒服。

兜兜转转，我们的黄山之行仓促却也收获颇丰。瞧阿一怀揣两块沉甸甸的洗脚石满载而归的快乐劲，你就可以未卜先知了。

三　舟行兰草间

阴差阳错的高考成绩，阴差阳错的高考志愿，导致我阴差阳错地来到兰州开始四年的大学。席慕蓉说，生命就是一场有规律的阴差阳错。

从前一提"兰州"，百分之八十的人会联想到"拉面"。的确，兰州的拉面口感甚佳，溢美之词毋须多言。在兰州待了快两年，对兰州的认识当然不会仅仅停留在口福层面，要不然也显得我太肤浅，不知天高地厚。

黄河犹如一道浑浊的伤口，久病不愈，于是兰州拦腰被分成了河的彼岸此岸。兰州城的桥也是有条不紊地架了一座又一座。一座座桥，陈旧崭新一样联系着两岸的生活出行。黄河里偶尔飘过几只年代久远的羊皮筏子，主人在翻腾的河水中轻车熟路地操控着纤弱的羊皮筏子，安然行于水上。几只瘦削的水鸟，围着主人极尽谄媚之态地讨好附和迎合，也许在年复一年的河上漂流日子里，它们也跟着世故跟着人性化跟着尔虞我诈，懂得生存之道，也或许是我这个无耻看客，隔岸观火意淫出来的无知之见。

春寒料峭，春水高涨。黄河水汩汩奔腾，势不可当。土块撂起来的黄山，也有了点新绿，尽管羸弱得不能与江南的青山绿水相提并论，但总胜过没有。诗人说，有了绿色也就有了生命，有了生命也就有了希望，有希望，这年头就没啥好担忧的了。

兰州盛产百合枸杞，晾干的百合成了百合干，下到粥里，糊糊稠稠的。兰州是一个不容易让人爱让人恨的地儿，高不成低不就地处在中间地带，它既没有新疆西藏那种浓郁的专属宗教氛围、民族风情，也没有南方鲜明的物欲商业气。兰州处于中庸的地位上，安贫乐道，把守着几世纪前是盛极一时的丝绸之路的要塞。

地图上的甘肃薄薄狭长的一条，呈带状盘踞在中国版图。新疆在后头虎视眈眈，陕西捷足先登凭借古城西安已经一荣俱荣。兰州不卑不亢地吸附着甘肃，甘肃用力地带着兰州，不让风沙刮跑刮旧了。许多古城在年复一年的沙尘中失掉曾经的辉煌名号，最终下落不明。

西北朔风刮尽，甘肃，兰州在披沙拣金的过程中显山露水，终成一家。

盛夏初冬，黄河河滩上飘满絮絮的芦苇花，一整日的斜阳被摇得昏昏欲睡摇摇欲坠，渐次铺开后就是西北的黄昏。偶尔几只冒失的水鸟，抖落几枝乌黑的翎毛，自然而然地想到罗大佑的《光阴的故事》，王家卫的那部译名叫《时间的灰烬》的片子……

当地人说，黄河已经好几年没封冻了，即使零下十几度的大寒，黄河水照样流得理直气壮。可是西北啊，那些兰州以外大大小小洒落一地的小村小镇还是缺水啊，麦子站在龟裂的旱地上，村民抽着旱烟沉默不语。

没有办法，黄河只有一条，兰州只有一个。有人如是说。

在兰州的两年时光，还不足以让我对细枝末节都了然于胸，兰州已经过了它风华正茂的年代，个性鲜明的旗帜在一波一波推陈出新的大浪大潮中消颓残破。

古旧现代同时兼备，不像龟兹那样固步自封，也不像上海那样前进得头也不回，三年五载就把其他兄弟省市甩得望尘莫及。

梦里，依稀是江南，氤氲四起，暮色四合。盈盈水边，浣衣女浅浅一笑。惊蛰天，水鸟受惊，腾空又落下，燕子搭了新窝，密密麻麻的水草上，悬挂着一成不变的太阳，散发陈旧的光和热，可是为什么偏偏身后是一条大河，湍流不息，泥沙俱下……

四　倒置的海上乐土

上海，这座中国版图上蒸蒸日上生生不息的城市，始终牢牢地把持着经济一把手。上海的大厦高楼，犹如村里的庄稼的麦子，一袭丰沛的大雨后，蓄满能量地拔节疯长，村里的老人笑逐颜开说，那些麦子真像汹涌的海潮啊，看着让人宽心。

上海，中国经济明星，是中国经济发展水平的招牌，外国友人密密麻麻地玩转上海滩，上海的地铁密密匝匝地打通奇经八脉，地面上的盛世繁华渐趋饱和，地底下是一片淳朴原始的处女地，不久的将来，或许上海会出现双份，谁都无法复制这份繁华，唯有上海自己。

光鲜亮丽清明开放，这是上海的白天。

颓靡失落阴暗潜藏，这是上海的夜晚。

我惊异于上海上世纪、上上世纪留下的精致的老建筑，我惊异于上海当代日新月异、标新立异的建筑，风格迥异，散发开放气质；我同样惊异于这座文明城池的地铁里，可以容忍年过半百的苍苍老者，在呼啸的地铁车厢里摇摇晃晃，打扮光鲜的红男绿女谈笑风生、风花雪月，我同样惊异于……诗人说，泱泱大国，上海是一片惊叹号最多的乐土，任何的不可思议在这里都温顺地驯服成理所当然，任何的百思不解在这里都能茅塞顿开。上海，荒诞理性的城市。

头一回去上海，是凌晨。阴暗蓝黑的天幕下，上海睡眼惺忪。晨曦微露，漫步在冷冷清清的外滩，采砂船鸣着张扬的汽笛，于黄浦江上随波逐流。站在江畔，冷风阵阵刮过，麻木又清醒。黄浦江水驯服地一浪一浪打在岸边，比起大江大河，少了气势，权当隔靴搔痒。

再一次到上海却是深夜，浓密的夜色包裹着芸芸众生。上海的全城灯火，铺张地支起整个孤清夜。依然是外滩，依然冷冷清清，偶尔几名给友人拍照的小贩，可怜巴巴地伫立在夜色中，等待着生意上门。对岸的东方明珠，不可一世地俯瞰大地，金茂早已退居二线，取而代之的摩天大楼正在疯狂地拔节，如雨后麦子，一片尘埃喧嚣中，节节高。

上海曝晒在光天化日下的盛景，我总是错过，打马而过，似乎是宿命注定，王菲在《暗涌》里唱道："什么我都有预感。"

上海的小弄堂残留着上世纪的点点印记。电线密密斜织的巷道，阿妈念念叨叨地出屋倒痰盂，大人小孩花花绿绿的衣裳内裤挂在本不宽敞的巷道上方。走入小巷，天空永远被各式杂物肢解得残缺不全，阳光扫不到这些阴湿私密的角角落落。蝼蚁般的一家人犹如滋长在暗处的黑色苔藓，与相隔不远的繁荣鼎盛格格不入，颇有点像清王朝穷途末路，一干老臣风雨飘摇的无奈背影。

或许每座城市都有它的无奈，或许对于上海我有过多苛责。

一座城有它称其为城的根系，上海的根系，中西合璧兼容并蓄，过于纷繁以至于迷乱了我眼。宋庆龄故居、张爱玲故居，这些也只是成为这个物欲大潮侵吞的城市的文化标签，至于实质性的东西，说不上了。

外滩肃杀的夜风，弄堂黑色的穿堂风，上海的风席卷了一切又接着刮来一切，谁的苍凉谁的挽歌，谁的喜宴谁的宾客。

上海啊上海啊，你用你的光鲜开明吸引着芸芸众生，你用排外冷漠打退芸芸众生。上了贼船又让人如此快地下船，真是不过瘾，不过瘾哪。

城市如一帧一帧迥异的风景画展现着他们显而易见的光华，而它们深藏的丑陋阴霾亦躲藏在冠冕堂皇后昭然若揭，譬如腐朽。两年后我才听到那首阿一钟爱的歌曲《旅行的意义》，淡定的曲风，像沿路清清浅浅的月光，泛满缥缈的快乐。

掬一捧水，水从指缝间流下，什么都没有。

可是你的手湿了，水珠蒸发带走你的体温，留下丝丝的清凉。我想旅行的意义之于我大抵如此。走过四座城，写下四城记，凭吊一个个关乎出走回归"在路上"的日子。

作者简介
FEIYANG

徐衍，产于巨蟹座的最后一天，生存于80后和90后夹缝之间，注重精神生活，没有音乐电影文字将无法存活。对于现实有着忽冷忽热的兴趣和反应，努力尝试多种文字风格的创作。喜欢陈染私语似的写作，也喜欢苏童专属的文字氛围，对杜拉斯敬而远之，对昆德拉拜倒辕门。（获第十一届新概念作文大赛一等奖）

长夜 ◎文/周晓燕

一　传说有一条河流

考完一模的那个晚自修，去河边散步了，当然是逃课出去的。

之前着迷于兰波的《彩图集》，那是他于通灵时期写的一些神秘莫测的散文诗。惊异于他的想象力，拿起笔抄了几句之后，发现我也只会抄写了，我对文字的热情忽然退却，因为灵感这种东西被压抑得久了也就找不到了。

于是我出了教室，还特意戴上了眼镜、笔和本子。这样听起来很矫情，不过我还真打算望着河面胡写一些东西呢。

月亮变小了，星星有三颗挤在一起。河里有石头落下去的声音，四周却没有人。我对一起下去的同学说这该不会是美人鱼吧。那声音靠近我们又远去，把我们引到了一个土堆旁边，于是我们看到了美人鱼的墓。河畔的柳树在夜里成了可怖的黑影，踩到枯枝自己被自己吓一跳。对着音乐厅的河面上住着一个大叔，白天他在小船上生活，赶赶鸭子，喂喂鱼，那河上有一块水域是他承包的。而此时已将近九点，他大概是早早地休息了吧。然而伴随两声咳嗽，灯亮了，很快又熄灭了。同学说他大概是听到我们在讲话而感到害怕吧，一个人住在河上有时候胆子会很小。我说我想拜访他呢，同学说等白天吧。可是这个大叔在我们看来是个孤舟蓑笠翁，是个神秘的隐者，一旦以文明人的谈话打破这种神秘，会发现他不过是个打鱼的。

我们走向地质园。作为地理专家的校长斥巨资亲自设计的地形地貌园是这个学校唯一让人想多停留一会儿的地方，虽然溶洞的钟乳石很假，荷塘上的水有些发黑，水坝难得开一次，溪流总是断水，梯田像台阶，山地高原能轻而易举地爬上去……但是在一个夜晚，看到一个人影挂在地质园的制高点上，还做了一个耶稣受难时的动作，实在是很骇人的。我们停在那里不敢向前。那山上的是人是猿是男是女？正想着那生物又做了一个跳远的动作……我们想他大概是个体育生吧，现在这时候能出来游荡的无异于这类人了。他快速地下来了。其实是她。她说她是食堂的员工，老家在洛阳。

她带我们走进漆黑的溶洞，水滴下来发出诡异的声音。通常白天往上望去，看到两块石头像是巨人的脚板踩在溶洞上。这会儿这样一想便有些恐惧。害怕自己会被压死。

我们沿着河流返回的时候，又听到那些美人鱼吐泡泡的声音，于是我许了一个愿。当然愿望是不能说出来的。

二 灵光

我翻开一本写着歪歪扭扭 illmination 字样的通用练习本，里面是我昨晚在昏暗灯光下写得不像字的字：

月亮变小了。星星在分裂。

湖里一块石头掉下去，又是几声，周围没有人。

难道是大鱼。总之不会是水妖。或者美人鱼？

歌声从哪里来？

对岸。湖底。不是教学楼。

公路上只有四盏路灯，

汽车好荒凉，

高楼闪烁红眼睛在提醒飞机，

水面很神秘。

游着的到底是什么鱼？

今天其他学校都放假了，因为老师们都在改卷结分。可我们学校还要读书。好在下午三点在音乐厅有一场电影。听说是《七龙珠》，很失望。于是和两个朋友到关系比较好的老师那边去，用他艺术教室里的电脑上网看恐怖片。我那两个朋友也是考艺术的，专业成绩都能查到了，考得很棒。而我那时还有个上戏在难产，心里很不爽，整天在担心。另外还要担心文化分。若果真有那么多事情值得担心，那我们都不用活了。我忽然很羡慕我的朋友，他们可以一心一意学文化了。

三　传说有一个半岛叫亚平宁

关于亚平宁有一个典故，去年五月在萌芽论坛加了他的群，大家都算是新概念的成员，我只知道他是考艺术的（似乎看了萌芽中了滕洋的毒，好多人都想考北电，至少我是这样的）。之后便没有了联系。今年二月在影路（一艺考培训班）看到一个很像亚平宁的人。那次似乎是小品课，我们分在同一组，演一个题为《张冠李戴》的小品时，我们知道我们都参加过新概念。之后我问："你知道亚平宁吗？"答："知道。"他旁边有人答："半岛？"我想人人都知道亚平宁是半岛，恐怕是认错人了，但还是问了句："《萌芽》的那个，和你很像啊。"之后不知道是什么原因，我很快离开了，他似乎也是没有回答。到中戏面试的时候又遇见了，然而是称呼他名字的，关于亚平宁这件事已经被我紧张得忘掉了。

很多天后我回家，看到亚平宁的日志，充满了西土城（电影学院所在地）和东棉花（中戏所在地）等词语，我想大概就是他了。

清明节他只身去了河南安阳，那个称为殷墟的地方，而我只是在电视看一个关于青铜鬶的专题片，唯一的联系是青铜鬶出土于殷墟。

他说他在规划暑假的出行路线，而我从来只会设想没有行动。他让我感觉很惭愧。

他说他可以在晚自修从后前翻出去，走在街上，吹吹风。北方没有河流，只有街道和建筑。他说他从学校出来，先去一老头家喝了壶茶聊了会儿天，然后又下了盘象棋，又去朋友乐队的练习室待了会儿。你应该羡慕我，因为这个时间我可以去夜市，还可以喝酒，还可以醉，甚至喝醉以后享受酒后狂言、指点江山的快感。

我想，和他相比，我在地质园的游荡也只能是闲逛，总感觉少了些什么，难道是青春的希冀与恣意？

我记得高一时一个同班的同学，酷爱摇滚，自己组了个乐队。高二分班时他出人意料地选了理科，高三时他背着吉他与乐队去别的城市演出。当我们都即将参加高考时他回到了高二。我记得为了一次比赛，我曾和他在天台上练习一首吉他曲。那也是一个晚自修。我们搬了两张凳子，在微风中拨弄六弦琴，弹着我们自创的调子，我感觉这是最美好的年华。

我记得高一时的一个三月，计划着去查湾，海子的故乡。那是海子的十八年祭。我买了火车票，计划好了一切。但被父亲的一句"你别做梦了"轻易打碎。后来我在课间给同学播放了介绍海子的视频，算是另一种纪念的方式，对很多人来说，这是了解的开端。

这一切，在以后的岁月中逐渐成为我的怀念，我以为这是我做过的最有意义的事。而亚平宁，他几乎每天都出门每星期都出远门，他想做的事情不会拖延。他在中戏考了很好的名次，于是我的心理也就平衡了，人家是该考进的。而我，等的学校却在一个和北京截然相反的城市。亚平宁说，上海是一个极端，北京是另一个极端。

四　晚安，亲爱的朋友

借海子诗，不像结尾的结尾：

　　哪辆马车，载你而去，奔向远方？

　　奔向远方，你去而不返，是哪辆马车？

作者简介
FEIYANG

　　周晓燕，女，浙江绍兴人。(获第十一届新概念作文大赛一等奖)

牵线，纸鸢以及路遥梦短　◎文/李晓琳

　　那是前年。冬天在我的世界煞住脚步时，春天迟迟没有显露她的眉目。后来有一日，我读到康素爱萝的《玫瑰信札》，见她如此写信给她失踪的丈夫托尼奥，她写道，没有你的音信的冬天是寒冷的。我立刻感到心下怅然，整个下午坐在教室里，神思恍惚地将这句话在一旁的白纸上反复涂写了数遍。

　　只身一人来到这北方的雪国已经两年，"冬天"与"寒冷"这类语汇所赋给我的感受，无疑也是切身的，一读到它们几乎就调动起了所有的感官，心也变得敏感。我想，之于我，没有故乡的陪伴的冬天同样是寒冷的，寒冷且漫长，我的爸爸、妈妈，我少年时的朋友们。我踮起脚，向前探视了无数次，如今已经是四月了，海子的忌日已经过去，"春暖花开"的时日早该到来，路边的小草却还未探出它们的脑袋。恶劣而粗暴的风沙天气简直要将我裹成一枚坚硬的松果了。

　　两年前那个燥闷的傍晚，我正坐在电脑前上网，妈妈走进来，边拖地边面露忧色地问我，你真的决定了吗，真的决定去那么远的地方上学？我头也没抬不假思索地答道，当然。那个暑假，我正迫切地想要离开家，到一个遥远到没有任何人认识我的城市去生活。爸爸每天都

在我耳边絮聒，从现在起，你就要开始大量阅读、认真写作，为你的未来打下基础了，还要把练了那么多年的毛笔字再捡起来，字是人的脸面。彼时三年的高中学业已经将我压榨得不成人形，回忆起那段日子，永远是充满了难过与悔憾，为了要对得起父母，我们都是一边拼命吞咽苦涩，一边亲手将自己最单纯宝贵的一段年华描染成了灰色。当高考终于结束的时候，我就像终于脱缰的马驹般，执念于自由，开始对任何命令式的说教表现出厌倦和反感。当我对爸爸说，我现在根本碰都不想碰什么书本笔墨，我想学吉他。他生气至极，认为这只是我的心血来潮顽固任性，于是态度鲜明刚硬地驳斥了我。整个假期，我都被这种受绑缚的感觉煎熬着，等待远走、渴望逃离。

由此，填报高考志愿的时候，我固执地挑选了那些对我有着最大吸引力、陌生而辽远的地方。四川、湖南、浙江、吉林、黑龙江，当我郑重地在纸上写下那一个个学校的名字时，心里竟怀着一种莫名的暗喜，终于，终于我可以离开这个我生活了十七年已然厌倦的地方，投奔入另一座城市了，那片土地上似乎有自由正激动地朝我招手，而在不远的将来，我就要踏上一辆墨绿色轰隆隆的火车，迫近它、抵达它，继而融入它。

想象自己是一只沐风而飞的纸鸢，是一件多么酷的事啊。这个美好的意象曾频繁地出现在我中学时代大大小小的作文或长短不一的日记里，借以自况，似乎唯此，才能表征那时我追求自由和梦想的决心一般。像一只鸟，它能飞得那样高，使所有地上的人都仰视它，而它却并不低头朝下看，只是一味地向高处飞着，飞着，因为它的内心只装着自由，对于地上人的品评根本不屑一顾，而这不屑一顾又是那样潇洒、孤绝。

这有关纸鸢的梦培蓄多年，已经在我的心中生了根，成为生命的一份铺垫——任何其他的梦想，都是踏在这份铺陈之上，再一片片搭建起来（任何梦在追寻的过程中以及实现之后，倘若失掉了这自由的底色，一定变得乏味与丑陋）。只是那时我心里唯独念着未来的浪漫，眼中耳中都融不进现实的声貌。我不知道,如今哪还有什么墨绿色会隆隆叫的火车,它们早已被另一些制作精良毫无声响的大灰铁盒子取代了。坐火车也绝不再是什么充满浪漫色彩的事,而是意味着嘈杂、污脏、酸馊、凝滞的空气,意味着偷窃、拥堵、推搡,以及来自人群的一声声不够通情达理的抱怨。

最初的幻想与现实之间的落差,也许就是从踏上北去火车的那一刻开始的。之后便是艰难地适应集体生活。

先是去澡堂洗澡。成片白腻的女人裸体,或行或立在氤氲的水汽里,每个人都毫无遮掩、毫不羞赧,我的不舒服真是大惊小怪,说出来要引人发笑的。偶尔一道冷峻的目光朝你的身体掠过来,又马上漫不经心地移开,这漫不经心简直令人惊悚,浑身的汗毛都要立起来。自青春期起,我甚至再没让我的母亲看见过我的身体,以为它将在很久的时间里成为仅属于我自己的宝贝、私物。而在这样一个普通的澡堂里,所有女孩的身体都瞬间变得普通,毫不稀罕,高矮胖瘦再无不同。

我曾目睹同寝室来自海南的女孩第一次去澡堂洗澡的经历。她弓腰含胸地走到里面去,不出五分钟就说洗完了跑出来,逃也而去。这从此成为另外几个东北女孩善意的玩笑的谈资。我却太理解这女孩,太理解她在初次面对如此廉价的赤裸裸、初次与那冷漠的漫不经心对视时,所受到的惊吓。

澡堂的水龙头旁,还有两张专用于搓澡的小床,想请阿姨搓澡或做奶浴的女孩多缴几块钱,就将依次按编号躺在上面,毫不费力也可以透彻淋漓地洗一场澡。那小床是艳艳的血红色,上面还残存着上一个人留下的角质与灰渍,不经过消毒与清洗,只用温水那么简单地一冲一泼,下一个人就躺上去。先搓正面,再翻过来,搓反面。旁观那阿姨拿着澡巾使劲儿搓澡的动作,不知为何总让我联想起洗案板、刷马、剃猪毛一类的场景,而那女生竟真能微闭着眼睛舒舒服服地享受这份花钱才买得到的"礼遇",简直惊心动魄。

我想我绝不算是刻薄之人，为了维持自我而迁就不了别人的个性。象牙塔的交往虽有小社会的缩影，但其实仍是充满单纯的友善的，并不常见针尖对麦芒的恶意。只是集体生活将人的身体距离骤然拉近，几个人每日朝夕相处，同行同住，看起来皆是友善和谐，却很难真正控制心灵上的亲密或疏离感。往往在这份被偶然促成的特殊的亲近之中，越发容易觑见人与人内心之间相互理解的困难。最初的那段时间，我是那么清楚地嗅到了那隔膜的存在，备感孤独。然而这种隔膜当然不应随便地迁怒于他人，唯有在漫长的失落过后，站远一点、自省与沉默。

思乡的小苗往往就是在这样的时刻猛一探头，蹿了出来，成为一种依托。没有离乡的时候，人永远不会明白何为"乡愁"。不是绝对的苦涩或惆怅，而是苦中带甜，掺着回忆往事的微喜。然而因为这喜悦是极细微、极茫远的，飘在故乡的空气里，并不那么真实，反倒更增添了这份惆怅的分量。它是一枚被珍藏的剪出缺口的车票，一通因刻骨思念将拨而未拨的电话，一碗妈妈做的普通却热滚滚的白米粥，抑或一个个心酸的梦，曾在难眠的暗夜里次第上演。

这才明白过来，原来"纸鸢"二字，看似浪漫，却也极富悲剧色彩。惟其前面一个"纸"字，并非真正的鸟，没有丰润的羽毛，狂风天便未免飞得惨烈；身上系着牵线，那么便不可能有绝对的自由。今年寒假在家，我曾专门买过一只漂亮艳丽的美人鱼风筝，拿到山顶上去放，以为那里风大，轻易一放肯定就能飞得很高。最开始，它高高而张扬地在空中呼哨起来，越来越快、越飞越高，引起众人的一阵惊羡，然而不出十分钟，那美人鱼的木质撑杆就被刮断，坠落下来。后来我在通往山背的小路上走下，小心捡回它的残骸。这充满隐喻与灵气的小物件，又是多么脆弱呵，生活中、自然里，总有一些它抵抗不过的东西。

而时至今日，倘若你尚觉得自己是一只求索自由的纸鸢，乡愁便是握在故人手中的那一根牵线，纤细、柔软，但是一刻也不曾松开。

关爱原来亦是具有两面性的，意味着部分程度的牵绊、拘囿。少年时你不懂事，总决绝地说，想要争取百分之百的自由。

　　起先，那乡愁只是一张大白宣纸上一颗发亮的小墨点，浓浓的郁黑色，还没来得及洇开来。那时我也仅以为，是难以适应集体生活的隔膜而招致的孤独，为了寻找庇护的安全感的缘故，才使我格外想家。后来的一个寒假，我坐车穿过城市的郊区回家，才终于明白了这份情愫的真实与厚重。

　　那时大约早上六点钟，天还未破晓，车辆行驶的中途，路过一片片灰扑扑矮墩墩的小房子。堆叠在一起，像一座城市额前密密的刘海，或者短短的小胳膊小腿。这是我每次回家都得经过的地方，许许多多次，从前却从未真正注意到过。如今在我眼里，它们却突然显得格外亲切，格外不平常起来。我望着路旁缓缓掠过的五颜六色的店铺招牌，内心充斥着熟悉与欢喜，以为这果真都是家乡的风气，无论隔多久、站多远的距离，仍旧一眼就能辨出来——没错，这兴味再对不过了，这就是我的故乡。

　　车上的乘客很少，后半截车的座位都寂寥地空着，仿佛专等我去坐。我站起身来，从这个座位坐到那个座位，却又谨防被前半截车厢的任何人发现，有一种孩童般难捺的窃喜。最后天光渐亮，我跪在最后一排的车窗前，凝视着天边的树丛背后，活跳跳地蹦出一轮新鲜夺目的红日来。噢，家乡的太阳。

　　有一次去奶奶家，她嗫嚅着对我说，一到冬天，就想起你自己在东北，那么冷的天，一个小姑娘怎么受得了……她央我留下来住几天，因为这么长时间以来，她总是记挂我，想我想到夜里流眼泪。我常常是心疼极了，在一旁看她露出那种仅属于老年人的担忧的表情，不知该怎样答话。我的奶奶，这两年果真开始明显地衰老起来，像她爱我那般，我爱她、牵挂她、想要孝顺她，然而每每一想到"死亡"这类字眼横亘在前面，就敏感而沉痛地绕开去。平日里设想自己的死亡，永远是那么大胆与不疼不痒的，仿佛怎样的结束法都吓不住我，然而，对于我的奶奶呢？为何她终有一天也要死亡？我想，我接受不了，我无法面对，我不忍碰触。

每每看到奶奶的苍老，就有类似的揪心。于是我大大咧咧地笑说，一点都不冷，东北一点都不冷，简直就跟家里一样。而且，你不知道东北的供暖有多好，每天待在屋里，就穿短袖，像过夏天一样的。奶奶的眉头终于渐渐舒展开来，转移到别的话题上去。从此，人人向我询问起东北的"冷"，我一概以这样的说法挡回去，久而久之自己竟也相信起来。走在学校的户外，大风肆虐，凌厉的冷风裹着灰沙打到脸上来的时候，也总觉得还并不是冷到难以忍受的程度。屋里暖气的确热得很，可哪能真就"像夏天一样"呢？

后来一位小姐妹抽空到学校来看我，一下火车就惊呼："怎么会这样冷！根本不是你形容的那样！"我才发现长久的善意的谎言几乎将我自己也蒙骗了。真的很冷。简直是严寒。可是，无论身在异乡多久，似乎也总在心底隐隐地告诉自己，我并没有离开很远，我还跟在家里一样。

有趣之处正在于，无论我去到任何地方，始终在为回家的日子作着详尽的打算。前几天与同寝的女孩吃饭回来，碰到校门有人在贩卖各色仙人掌与绿叶植物，十分诱人。那女孩想着买一棵带回去，放到寝室里去养，我却是在想，回家的时候也要去买一棵，就像杀手莱昂饲的那盆一般，摆到我家的小窗台上。一定美极了。去逛精品店，看到漂亮的茶杯垫、冰箱贴，也是欢喜万分，毫不犹豫地要买下来，只因为它们让我觉得适合我远方的家。同学好笑而无奈地看我："天，那你暑假究竟得运多少东西回家啊！"我乐意如此，我笑着说。

而那纸鸢般的漂泊感，终归是挥之不去。仿佛脑海中、视线里，始终是有一只形单影只的纸鸢，在狂风暴雨里艰难地飞着，天空大地皆茫茫无边，她还记得自己从哪里来，却并不确定将飞到何处去。也许一辈子也将只是这样，不停地飞，并不会寻到归宿。她心里清楚身上系着牵线，那一头有她最最珍视与需要的东西，亲情、友谊，人间至纯至真的爱。可在那风雨飘摇之中，她还是不停担心地回头查看，生怕那线突然就断了，留她一人孤零零在这虚空里面。

电话与网络都便利发达，却并不能消弭这想念。仿佛乡愁本身就是一件古朴无比的东西，需要脸对脸感到鼻息，手牵手握到脉搏时，才是活生生的、撩拨心弦的、足以引人激动大叫的。而任何现代化高科技的东西所带来的廉价的迫近，都充满冷冰冰的虚幻感，与乡愁无关，无法贴切地传导家乡的温热。

此刻我闭上眼，就能想到爸爸的脸，那张充满爱、然而的确日渐衰老的脸。我想起有一次，当我坐上离家的火车，对面座位上一个同龄的女孩从窗口伸出手去，抚摸着她的爸爸的脸说："爸爸，你怎么老了。瞧你皱纹儿都起来了。"我内心充满羡慕，哽咽着扭头去看站在窗外几尺远的我的爸爸。我们之间常因彼此懂得而无须多言，这种默契却又使我们吝于表达，使我们在这分离的场合同时保持了沉默。可是在这样的一刻，爸爸，我是多么羡慕那一对肯将爱挂在嘴上的、亲近的父女啊。正午毒辣的阳光下，我的爸爸就那样站着，他的身体看起来仍然壮健，可是神情里却添了另一种颓唐——那是自知将要老去的人才有的一种颓唐，那是时光的刻痕，代替皱纹留在他的脸上。

夜里吟那句词，梦里不知身是客，一晌贪欢。归家的路途多么遥远，聊以自慰的美梦却又如此短暂。在漫长难挨的黑夜，或在独自走路的孤独的白日里，我总隐隐地盼望这只纸鸢可以离故乡近一点，再近一点，握这牵线的手可以用一些力，再用一些力，这样哪怕有一天我厌倦了飞翔或漂泊，也能够落回在家乡的枝杈上。我不敢对自己的选择妄谈后悔，但这注定将是一个说不完的、忧伤的故事。席慕蓉说，乡愁是一棵没有年轮的树，永不老去。

（作者简介见《鸢尾信仰》一文）

想当年 ◎文/姜嘉

想当年。不知道从什么时候开始，竟然开始可以在一些话前面加上这个词。

想当年的愿望是当个化妆师，这种愿望虽然强烈，可还是没有到达理想的高度，纯粹是因为小女孩子喜欢漂亮，喜欢打扮。年幼时爱给小娃娃梳头扎辫子，还用大红大绿的水彩笔在娃娃的脸上乱舞。

会幻想有一间属于自己的化妆屋，房间不需要多大，橙色的灯光在窄小而温暖的屋子里快活地碰撞粉墙，经过无数次反射最终变得温柔而且缥缈。房间里的布置不需要多别致，最重要的还是那个化妆台，红木的沉静与高贵浸染着每一寸流金的音乐，台上的化妆品整齐有致地站着，顺从的，不乖张的。

我一定会遇到前来化妆的少女，而这些少女或者是参加晚会的表演，或者是想在城市的某个角落给自己的男孩留下最美的印痕。这样我便会想到自己的曾经，将所有的青春悸动和年少无知投诸在手中五彩斑斓的唇彩和眼影中，再用双手温柔摩挲她的面庞，在她的粉嫩肌肤上一点一点渗透爱意。化完妆后我会对着镜子里的花朵微笑，看她流露出满意的憧憬。然后，我就眯上眼睛，笑着和当年说抱歉。

幸运的时候化妆间也许会有新娘来到，待嫁的女子到了走出的那一步，就像落向大海的雨，离开空空的苍穹去向另一个怀抱，飘摇在空中急切不舍而热烈。我所能做的就是在她人生的这个转折点用心地描好路标，保证她不会悄然走失。这样的妆不能有一丝的疏忽，因为我是如此强烈地爱着这些女人。

色彩与化妆是面大网，网住我所有旖旎的过往，我无数次地坠入这样交织的诱惑中。不过,化妆这个荒谬的爱好在少儿时期就被扼杀了，伴随着姐姐脸上的白粉越来越厚，伴随着眼前的镜子越来越支离破碎。

想当年爱上了文字，这种像烟般难以戒掉的东西，此爱伴随着时间的推移非但没有减弱反而愈演愈烈。

看到好的文字，一方面会由衷地赞叹，一方面埋怨自己为何没有这种神奇的力量。初涉文字，没有太多的赞赏和标榜，仅仅是在做自己愿意做的事情。当然，也是在日日夜夜希望着某天，我的笔下能流出前辈们那样漂亮的文字，希望有后辈的赞不绝口，只是任重而道远罢了。

不愿再用文字来记载自己的青春，因为曾经这样做的时候浪费了奢华的时间。我所需要的竟是一堵墙，能够标榜自己的青春，而文字并非是理想对象。朋友说我的文字总是让人有不想看下去的烦躁，我总是不敢面对。这个时候文字成了傀儡，而我是这样的怯弱。我没有能力握住手心的曲线，于是放它们去浪迹天涯。

文字发挥着生活的余热，我固执地认为，尽管我没有办法用文字将生活发挥得淋漓尽致。生活着，文字继续着。文字繁衍生息，生活猖獗生长。出于某种程度对文字中生活余热的畏惧，大多数的时候我选择安静地做一个旁观者，在文字边缘时候的心境总是很美好，为我最喜欢。

那日看到了学校校刊上小学弟小学妹的文字，又像看见了那片梦中光怪陆离的地域。毕淑敏在《我的五样》中写最不能舍弃的就是笔了，我虽没有她那样的本领，对于文字的热爱也不那么疯狂甚至超越生命，但是我可以肯定地告诉自己，我爱文字。

想当年，没能在最年少青涩时让笔尖流泻出青春飞扬的文字，后悔莫及。不过人生原本就是需要遗憾的，曾经的遗憾使我们记忆得更深刻。

想当年希望能在这个城市做一个能叱咤风云的人物，当明星是最好，要不首富什么的也行，总之就是想出名，希望在街上能听见别人对自己的赞叹，哪怕是批评也一样。从小我就是一个极其虚荣的孩子，喜欢一切和名利有关的东西。现在仍然是这样，只不过在处世时学会恰如其分地收敛自己的丑态。

但是没想到，在长期疲倦地枕着手臂沉思后，我又有了新的人生态度，那是对一种平淡生活的向往。

时常希望自己能够有陶渊明那样的人生观，也希望真正能够这样做。山水之中的茅屋，屋前石子铺出了一条小路，延伸到细窄的山径。这些山径缠绕着整座山，山中的水与树，人与鸟，心情与往昔。如果心中有世俗的尘埃，那么在这样的周遭也会让那些污秽被深层地过滤，轰然沉淀在大山深处的最底层，永远不见天日。

喜欢很静很静的日子，白天自己锄地种一些花草和蔬菜，微风来袭的时候也会惬意地赏菊，看这种被喻为君子的植物如何在风中高傲地茕茕孑立。不喜欢漫天的飞花，太过于绚烂的景致会糜烂我的心扉，我不希望有红尘的干扰破坏任何清淡甚至清苦的雅致。貌似能够回头的风在山中回转了多时后也会变得轻柔，没有呼啸的冲动和鲜活，却不是死寂。仿佛伸出双手，就会有风落在手心里，轻盈又仿若有千斤之重。

这里的夜一定是很静很静的，归鸟在晚霞燃烧于天边的时候就成片回巢，夜幕就成为巨大的帷幕，瞬间笼罩了猝不及防的世界。从远山的渐暗到屋前的灯影，耳边静得令人窒息的歌声，一切都从容了。

月开始滋长。

诗人笔下的月总是阴柔而且寄托了太多的忧愁与希冀。人们喜欢漂亮的满月，圆润，柔美得好似女子美好的胴体。这样的月象征圆满，某个秋天的夜晚，和家人一起坐在月下，观望着静谧的月，口中的话语已被其冲淡，随唾液咽下喉去。

然后月开始变瘦，变细，变得不再圆满玉润，变得像一个钩子。亲人离散，家宴散曲，注定悲伤的人开始重新悲伤，注定等待的人开始重新等待。我喜欢这样的新月，不圆满，带着缺陷。无风的夜晚在黑得泛蓝的夜空里隐现出独有的风韵，庇荫着天下等待的人。

人们在新月下等着，重新一轮新的等待就像月要开始的新的轮回。人们企盼月一天一天丰盈，一日一日圆满，待到月再圆了，心中所想念的人儿就会归来。可能是出于人之本性，在与心中所念的人共处时会患得患失，而在等待的过程中反倒有种莫名的从容，顺着命运的安排安分地走下去，不挣扎，不抵抗。安静地期待比月更遥远的人的到来，期待一段比新月至圆月更值得期待，尽管也许这仅存在于自己的臆想之中。

静的生活，简直让人失去说话的能力。这样以后，即使是回到墙那边的俗世，我仍会如故地满足。可是这种平淡又是多么的难求，唯独在梦中可与我的世外桃源相见。而醒来之后，则会拉着人们念叨：想当年，我以天为盖。

作者简介
FEIYANG

姜嘉，1991 年出生于江南的温暖小城，有理想，有道德，有文化，没纪律的好青年。热爱文字、美术与音乐。矛盾结合体。金钱欲一般。（获第十一届新概念作文大赛一等奖）

冬日，请看咖啡的浓香　◎文 / 宋律律

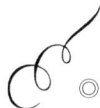

喜欢在冬日里，某一个充斥着阳光的午后，端着咖啡坐在窗口，再在面前摊上一本余秋雨的散文，一口一口慢慢地啜着，缓缓地感受着咖啡物特有的浓香与醇厚，很 Comfortable。

咖啡与午后的阳光是有些差别的，我说的是午后的阳光，尤其是在冬日里。特别虚。所以总是特别唯美。你看那窗外的阳光，斜斜地打在香樟树的绿叶上，浅浅地勾勒出一道灰黑色的影子。投射出无尽的美与虚拟，而它偏还不觉满足，又匆匆地挤进窗缝里，铺洒在泛黄的散文书页上，漫射出白晃晃的光亮，这倒确是与余秋雨华丽的辞藻相得益彰的，再微微看了眼，看看被阳光斜射着的空气，隐隐地飘着些细细的尘埃。若是挑个白墙的房间，更能看见阳光所遗落下的些许微红。墙边的红木箱子又是注着红光。这景象,的确是与咖啡不同得很。

咖啡当是厚实的代名词。它棕色的液体，便恰到好处地说明了这一点。它是不如清茶般纯澈的，但它却能给人以百分之一百的安全感。像是土地一般的温厚与踏实。尤其是把它盛放在棕黑色的咖啡杯里，再斜斜地搭上一只注着银光的金属勺，刚刚倒入杯中的液体还没来得及安稳下来，上层还浮着些奶白色，奶屑或是气沫。都悠悠地转着圈，在棕色的舞台上优雅地舞蹈，杯口溢

出的雾气模糊了镜片，遮蔽了双眼，却也同时刺激了嗅觉细胞，闻到一个更加实在的世界。有些时候，看不到也并非是件坏事。这也恰恰能让你感受到真实的存在。

闲暇时分，见到一些色泽浓郁的棕色液体，你未必便能笃定那便是咖啡，你是没有勇气不分青红皂白地便将它啜饮；可若你闻到咖啡的浓香，即使有人悄悄地蒙上你的双眼，你也能胸有成竹地保证，这便是咖啡。对，就是它没错。

现在的城市总有一些抹不去的浮华。呼吸着城市的空气内心也难免惴惴不安。而咖啡却能将这种心虚轻而易举地赶跑，只留下踏实的自己的心，心安理得地睡个好觉——谁说咖啡只会让人整夜地失眠。我恰是觉得，在咖啡敦实的呵护下，我才能美美地睡着，当然，安眠着的，该是我的心灵。

一直觉得上好的咖啡应该注入一只高贵而典雅的咖啡杯，这才配得上咖啡。

这两年，走在大街上，总会看到一些咖啡的自动贩卖机，插入一个硬币，它便会自动滑出一个纸杯。同样存放着棕色的咖啡。

对于这种机器，我实在是厌恶到了极点，这般好使而普通的纸杯，岂不是玷污了咖啡高贵的身躯吗？在我看来，除了那些简单的颜色和简洁线条搪瓷杯，有着奶白色杯底的那种。任何杯子都是配不上咖啡的。或多或少地，总会摧毁它的一些美好的东西。

这样想，到底是显得有些虚荣了。

那一只只制作精美的咖啡杯，早已不幸地在世人的脑海中留下了虚伪的印象。似乎从小到大便听惯了大人说要如何如何注重实质，如何如何舍弃表象云云。事实上，又是谁谁信誓旦旦语重心长地说着那些话，又面不改色心不跳地往脸上一层一层地涂抹白白厚厚的粉底？

当然它们没错，我确实不得不承认这些长相优雅的杯子对咖啡的味道是无甚大用的。若杯中是一堆掺了几升水又放了几斤白糖的速溶咖啡，纵然是用价值连城的杯子来盛放也依旧没有人愿意去品尝一小口。然而我又不禁想说，倘若一只破旧的纸杯中包裹着的是一杯精心细煮了几千年的浓厚咖啡，我怕也是同样没有兴趣去品尝了的。哪怕只是那么一小口。

暮地又想到了酝酿着阳光的咖啡。现在想想如果将这些浮华的阳光通通封锁，取而代之的是一片灰蒙蒙的天与阴森森的雨水，有着说不尽的真实那喝咖啡的情趣，怕是要减少了一大半了，那种情趣终究是觅不回了的。表里不一终究不好。

大抵，只有拥有浮华的阳光和真实的棕色液体的咖啡，才是最令人心动的吧。

作者简介
FEIYANG

宋律律，笔名夏轻辞，90后。11月7日出生的蝎子。喜欢旅行，喜欢大海，喜欢威尼斯，喜欢《红楼梦》，喜欢张爱玲，喜欢在昏黄的光线下酣畅地阅读，喜欢宁静的音乐。（获十一届新概念作文大赛一等奖）

姑苏春深  ◎文 / 余欣

　　三月的梦呓，除开缠绵却是绸缪。远行的人是圆圈，环绕住，逃不出幽怨。却是拉住曲线。近了此处，又远彼处，空忙乱。于是，梦醒。

　　忽然醒来，屋里有一种异乎寻常的寒潮之感。半卧在床，看着青得发黑的地面，好似看见了夫君的离去。青黑的长衫，在雪海中更显凄然，伴着夫君从青石板踏上了披着雪被的小船，从眼的边际渐渐模糊，仿佛融化，然后消失……寒冬的泪水，比平日更加刺痛心扉。

　　去的时候，还在冬日，而今却已是深春。几时方可归还？朔方于此时应是碧天，北去之人可知姑苏春深？四面墙围着，似要倾听愁苦，却没有言语。黑屋顶俯下身，似要消逝哀怨，却没有应答。唯有铜镜，反射了天光以作答，却只是为灰白镀上一层枯黄。

　　起了身，坐在铜镜前。看去，这张脸确叫人怜。镜是魔，它要在岁月中吃掉青春。母亲与祖母都是不堪它的折磨而将它让给自己的女儿。因着恐惧也因着无所谓，只是草草地梳妆。因循着昨日，打开窗户。天却不因循昨日，此时正下着雨，春的弱雨，柔弱而伶仃的雨。

　　下这样弱雨的天空，本是异常明净，好像是被这温柔的弱雨带走了无言的惆怅。那乌云却是无情，无端而残酷地隔开了这对没来得及惜别的眷恋。弱雨被风所携，

渐渐远去。天空堆满愁容，不知伊人何时归返。

　　桃花多愁而杨花善感。伶仃的弱雨，有无尽的叹惋，伴着它在风中飘零。桃花入风，同雨共吟凄婉；杨花入风，同风雨共叹无常。于是，那风，那一贯峭厉的风，在此刻有了弱雨的空灵，桃花的嫣红，杨花的新绿和不知自何处而来的伤感。这，就是春天的雨吧。

　　只是风也要入大地的怀抱。桃花入地成为落红，杨花浮水化作残絮。那弱雨却好似泪水，不知是汇为水流，是被初日所蒸融，还是又归返天际。一切梦的想念只在晴天之前。

　　那洒下的雨是否在无声无息当中回到了天际，逃过了乌云的蔽障，只是向上，寻找曾经失落的美丽。若是如此，那等待的天当会与这温柔的雨重会。到那时，无人能阻挡这离别过后的重逢。那时，雨有话对天说，天，也有更多的话对雨说。在春天慢慢过去的时候……

　　可是，美丽的结局总是故事，故事却总不是结局。那弱雨要怎样回到天空中呢？漫漫长路，怎可待？雨被初日所蒸融，化作了厉行于长空的风，它要毁灭破坏她的爱情的乌云，于是，她嘶吼，她的心，变了。那不再是温柔的雨，而是强厉的风。她，伤害了天。天明白，伊人不再。于是，风卷积着乌云，天，也失去了华彩，暴风雨的前夕。在夏天撕裂温柔的时候……

　　又或是，彷徨战胜了信念。弱雨屈服了，她不再期望能再见到那一头的人。只希望自己能重新开始新的生活。她带着愁闷，与凄婉的柳絮结伴，不情愿而又情愿地融入江南曲折而望不穿远途的小河中，她不后悔，也不庆幸，因为此时的她，不再是当初的自己，她是河水，而不再是雨。可青天不能忘，因他的博大，他看着眼前的一切，默然，默然。没有怨恨，只是忘不了，于是日日徘徊，灭尽了的韶华。在秋天写尽沧桑的时候……

　　弱雨，碧天，多舛的爱情。

　　世间的事，人又可算几成？离家的人在何地呢？外面雨在变大，雨花开始痛苦地击打着青石板，是积蓄已久的发泄吗？雨帘模糊了视线，看不清一切，只有铜镜将我的心昭然若揭。不行，怎可在此等待，在此悄悄流逝了自己的芳华？烦乱的心，像线球，愈理愈乱。不再甘心面对一方让人窒息的黑木窗枢。

楼板在脚下笃笃作响，雨愈下愈大，仿佛听见它击碎了恒久的等待。急匆匆地穿过天井，却停下脚步，三丈外不远的天井下。夫君种的不知是什么花，在雨中，一片狼藉，但它没有倒下，更没有死去。在花架的最高一层，它伤透的心还在等待。它知道，真正懂它的人总会回来，它要做的，只是为了前缘的美好而等待。

睹物及人，躁动的心回到了伊人的平静。不需要呵护，不需要回报，不需要温情，不需要守候，不需要理解……只是为了前缘的美好，而等待。

回到窗前，春的雨，总是无常，又渐渐霏然了。天也恢复了它的明净。下面，是一条河，缓缓绕过这白墙黑瓦的忧伤，消失在曲曲折折的远方……思念在等待中蔓延。

姑苏，春深……

作者简介
FEIYANG

余欣，男，1991 年 10 月生。（获第十一届新概念作文大赛一等奖）